I0642457

www.united-pc.eu

Joëlle Schüpfer

halbseelig

Band I

1. Ich sehe, wie drei Kids gegen ein Fabelwesen kämpfen

„Anny, komm, beeile dich!", stresste mich Dads Schwester. Ich seufzte und schaute mich in meinem Spiegel an. Meine langen braunen Haare hatte ich zu einem hübschen Zopf geflochten.

Da ich 14 Jahre alt bin und in die 8. Klasse gehe, schminke ich mich ein wenig. Ich tusche meine Wimpern, mehr brauche ich nicht. Meine funkelnden blausilbergrauen Augen kommen so noch mehr zum Ausdruck.

Aus meinem Schrank zupfte ich meine gebleichten Jeans, das blaue T-Shirt und ein luftiges weiss-rot-blau kariertes Hemd und rannte runter in die erste Etage.

Ach ja, mein Name ist Anny, Anny Brev.

Die Schwester meines Dads stand stinkwütend vor mir.

Ihre Haare sind rabenschwarz, ihre Augen nachtblau und ihre Haut eher dunkel. (Meine Haut ist nicht zu dunkel, auch nicht zu hell, also perfekt.) Genau einen Kopf grösser als ich ist sie, und wie so oft trug sie eine Jeansweste mit einem gelben T-Shirt darunter und einer grauen Jeanshose dazu. Manchmal fühlt sie sich wie eine Diva. Sie heisst Jelly, und immer, wenn ich Jelly Splash spiele und Jelly sage, kommt sie auf mich zu und fragt, warum ich ihren Namen erwähne. Jellys Nachname ist Masher, so heisst auch mein Vater. Aber ich trage den Nachnamen meiner Mom, die ich bis anhin noch nie gesehen habe. Wir wohnen in einem modernen Haus in New Jersey. Und wann immer ich Mom erwähne, wechselt Dad sofort das Thema.

Ich blickte Jelly hungrig an und rieb meinen Bauch. „Gibt es bald Frühstück?"
Jelly verdrehte ihre Augen. „Du kennst die Regeln, Anny. Wenn du zu spät runterkommst, dann gibt es nichts. Schau mal auf die Uhr."

Ich holte mein Handy aus der Hosentasche. Es war 06:31 Uhr. „Es ist halb", sagte ich. „Wenn ich um halb unten bin, bekomme ich mein Frühstück."
„Nein!! Es ist EINS NACH HALB! Levi wird dich jeden Moment abholen. Und nächstes Mal machst du bitte schneller vorwärts als heute und bist pünktlich, Madame." Sie sah mich dabei mürrisch an.

Dad war bereits auf der Arbeit. Ich seufzte.

Unser Haus ist sehr hübsch. Die Küche, das Wohnzimmer, das Badezimmer und, und, und ... Alles ist neu und das meiste aus weissem oder grauem Leder oder aus Stein. Ein paar Möbel wie zum Beispiel die Kommode, der Esstisch, das Bücherregal und der Kleiderschrank sind aus Holz. Unser graues Ledersofa ist extrem bequem. Oke, mein Vater ist Anwalt, natürlich haben wir viel Geld.

Ich hatte grossen Hunger und ging kurz auf WhatsApp, um meinem besten Freund Levi zu schreiben. Ich bat ihn, Geld mitzunehmen. Kurze Zeit später klingelte es an der Tür. Sofort rannte ich hin und öffnete sie. Levi stand vor mir und lächelte. Seine dunkelbraunen Haare waren zerzaust, doch er sah süss aus.

Levi hat wunderschöne hellblaue Augen. Seine grosse schwarze Brille steht ihm besonders gut. Er ist ein wenig grösser als ich und seine Haut leicht heller als meine. Er ist ebenfalls 14 Jahre alt, und wir gehen in dieselbe Klasse. Wir kennen einander seit dem Kindergarten. Seither sind wir beste Freunde, auch wenn wir teils sehr verschieden sind. Ich bin die Sportliche und muss mich ständig bewegen, da ich manchmal zu Hyperaktivität neige und schnell aggressiv werde.

Levi dagegen ist eher ein Sportmuffel und ein ruhiger Typ. Er regt sich nicht derart schnell auf wie ich.

„Hey, Alte, ich habe Geld dabei", sagte er leise. Ich war erleichtert. „Yes, danke!" Ich packte meine schwarze Jacke. „Ich gehe, Jelly!!" Man hörte wieder einmal Jellys Grummeln aus der Küche. Die Tür knallte ich hinter mir zu. Draussen war es noch dunkel. Es war ein Freitag im Oktober. Weit und breit war kein Mensch zu sehen. Levi und ich liefen die Strasse entlang und quatschten. „Was haben wir heute eigentlich in der Schule?", fragte ich.
Levi überlegte. „Ich glaube Naturkunde, Mathe und Sport."
„Oooch, warum Mathe?!", stöhnte ich.
Levi zuckte mit den Schultern. „Hast du die Einladung von Debby auch bekommen?", fragte er mich. (Debby = Klassenzicke, Schönheitsqueen der Schule, Fühlerin, Diva, stinkreich!)
Ich runzelte die Stirn und guckte Levi komisch an. „Einladung?"
„Ja, Debby macht morgen eine Party bei ihr zu Hause, und sie lädt alle von unserer Klasse ein, also auch dich."
„Debby und mich einladen? Nein, das glaub ich nicht, sie hasst mich, und ich finde, sie ist eine Zicke", zischte ich.
Levi zögerte. „Aber heiss ist sie", murmelte er, und ich verpasste ihm eine nicht überhörbare Klatsche auf den Arm.

„Hallo? Du verdienst eine Bessere als SIE!! Sag mir jetzt einfach nicht, dass du sie magst?!"
Fassungslos starrte ich Levi an, und er strich sich verlegen durchs Haar.
„Kann man so nicht sagen. Ich mag sie schon, und natürlich hätte ich gerne eine Freundin, aber ..."
„Was aber?", fragte ich aufdringlich, und Levi wusste im ersten Moment nicht, was er dazu sagen sollte.
„Debby hat Geld. Sie wäre schon die Perfekte für mich, aber sie ist mir doch zu reich und zu hochnäsig."
„Willst du damit sagen, dass Mädchen, die Geld haben, dumm und zickig sind?"
Er schüttelte den Kopf. „Ich meine nicht dich, sondern Debby. Sie ist zu geldsüchtig, du nicht, und das ist gut so."
Jetzt war ich aber erleichtert.
„Und du? Hättest du eigentlich gerne einen Freund?"
„Nee, ist nicht mein Ding, ich bleibe solo."
„Aber du kommst zu Debbys Party, wenn du eine Einladung kriegst, oder?", hakte Levi nach und schaute mich hoffnungsvoll an.
Ich schloss leicht meine Augen. „Ja, ich komme, aber du auch!", meinte ich mürrisch.
Lächelnd nickte Levi.

Wir blieben vor der Bäckerei stehen. Levi ging dann doch rein, um uns einen köstlichen Berliner zu kaufen.

Schnell ass ich ihn auf. Er war so lecker, dass ich es nicht lassen konnte, meine Finger abzulecken, die mit Marmelade und Puderzucker verschmiert waren.

Nach ein paar Minuten erreichten wir das Schulhaus.

Unser Schulhaus heisst NJ High School und ist von stolzer Grösse. Es ist dreistöckig, aus weissem Beton gebaut und macht einen äusserst gepflegten Eindruck. Die erste bis siebte Klasse ist jedoch in einem anderen Schulgebäude untergebracht, das gleich nebenan ist. Wir alle haben denselben Pausenplatz. Die Schüler der achten bis zehnten Klasse gehen ins weisse Schulhaus.

Eigentlich gibt es da nur blaue Spinde, die fast alle mit Graffiti besprayt wurden. Mein Spind ist eisblau mit pinken Sternen und der von Levi neongrün mit einer schwarzen Brille besprüht. Die Glaseingangstür ist stets offen. Oberhalb der Tür prangt eine unübersehbare Digitaluhr.

Unser Pausenhof hat genügend Platz zum Verweilen, und es gibt sehr viele Bänke zum Chillen. Levi und ich haben eine Bank, die nur uns gehört, also sozusagen reserviert für uns ist. Ausserdem gibt es einen tollen Fussball-, Basketball- und Volleyballplatz.

Gleich neben dem Schulhaus befindet sich ein beachtlicher Unterstand. Dort dürfen wir uns aufhalten, wenn es regnet.

Levi und ich liefen ins Schulhaus und begaben uns zu unseren Spinden.

Unsere Spinde liegen nebeneinander und direkt neben unserem Klassenzimmer. Der Boden des langen und breiten Flurs ist aus Holz und die Wand aus weissem Beton. Die Spinde sind an der Wand festgeschraubt, und der ganze Flur ist von Türen gesäumt.

Aus meinem Spind nahm ich mein Mathebuch und das Naturkundebuch heraus und knallte ihn gleich wieder zu.
Wie aus dem Nichts tauchte Debby neben mir auf. Ich erschrak und fuhr zusammen.

Debbys Haare sind hellbraun, leicht gewellt und gehen bis zu ihrer Brust. Ihre Augen sind smaragd-grün, und ihre Haut ist leicht dunkler als meine. Debby ist extrem schlank, fast dünn. (Oke, ich bin auch schlank, aber ich besitze noch Muskeln, die ich trainiere und brauche, Debby hingegen nicht.) Ihre Wimpern hat sie verlängert und angemalt. An jenem Tag trug sie ein weisses T-Shirt mit einem Jeansgilet darüber und graublaue Jeans. Wir haben beinahe dieselben Skechers, sie pinke und ich graue.

Debby kaute widerlich auf einem Kaugummi. „Ich gebe morgen eine Party, und du bist herzlich eingeladen", murmelte sie.

„Cool ... Ich komme."

Sie verdrehte unhöflich ihre Augen und lief davon.

„So eine eingebildete Kuh!", brummte ich.

Levi schloss schmunzelnd seinen Spind ab, und wir gingen ins Klassenzimmer.

Als der Unterricht endlich zu Ende war, machten Levi und ich uns zusammen auf den Heimweg.

„Anny, was ziehst du morgen an?"

„Weiss nicht. Vielleicht kaputte Jeans, das blaue, luftige T-Shirt, eine Jeansjacke und mehr muss ich ja nicht."

Levi erzählte mir dann irgendetwas Belangloses. Ich sah mich um und überlegte, ob ich noch etwas Besseres aus meinem überfüllten Kleiderschrank anziehen könnte.

Da sichtete ich etwas Merkwürdiges. Ein Mädchen mit knallblauen Augen, einer natürlichen, hellen Hautfarbe und schwarzen Haaren stand etwa zehn Meter von Levi und mir entfernt. Ihre schulterlangen Haare waren frech durchgestuft. Sie schaute sich nervös um.

Ich zupfte Levi am Arm.

„Aua, was soll das?", fragte er sauer und rieb sich seinen Arm.

Ich zeigte auf das Mädchen.

„Was ist mit der?"

„Schau auf ihre Hose! Da glänzt doch irgendetwas."
„Ist das ein Messer?"
Ich zuckte mit den Schultern.

In diesem Moment erspähte uns das Mädchen. Wir fuhren zusammen und taten so, als hätten wir sie nicht gesehen. Ich schaute kurz und unauffällig zu ihr, das Mädchen sah sofort wieder weg.
„Tut mir leid, Anny, aber ich gehe jetzt nach Hause", laberte Levi zu meiner Verwunderung und rannte schleunigst davon.
Das war schon ziemlich feige von ihm. Ich konnte mir gut vorstellen, dass er sich fürchtete. Welch ein Angsthase!

Hinter einem Baum versteckte ich mich und schlich mich näher an das Mädchen heran. Ich beobachtete, wie sie in eine Gasse blickte.
„Jay?!", rief sie, doch niemand gab Antwort.
„JAY?!! CLOR?!!", brüllte sie lauter.
„Alter, Clavia, halt deinen Mund! Der Soulkiller muss hier irgendwo sein!", schrie eine Jungenstimme zurück.
Ich musterte nochmals das Mädchen.
„Ja, wegen dem rufe ich auch nach euch!!"

Hinter einem Haus erschien ein Junge mit dunkelbraunen und verstrubbelten Haaren. Seine Frisur glich einer Löwenmähne. Seine Augen leuchteten grünsilbern, und er sah richtig süss aus. Seine Haut hat sogar den gleichen Teint wie meine.

Er trug eine coole Elvis Presley-Lederjacke, moderne Bluejeans und graue Sneakers. Mir verschlug es beinahe den Atem, er sah derart gut aus.

„Was hast du gesehen, Clavia?", fragte der hübsche Junge.

„Dort drüben hat sich vorhin etwas bewegt", sprach sie hastig und deutete in die Gasse.

„Clor, komm mal!", rief der Junge.

Ein zweiter Junge mit goldblonden Haaren und braungoldenen Augen kam angerannt. Er war ziemlich blass. Seine Haare trug er ein wenig länger als der andere Junge. Ich schätzte ihn und die anderen auf etwa 14 Jahre. Er trug eine dunkelblaue Jacke, eine schwarze, kaputte Hose und blaue Turnschuhe.

„Was hast du gesehen, Clavia?", fragte er.

„Etwas ist in dieser Gasse, und du hast heute die Lockvogel-Karte gezogen. Also los, Clor, schau, was dort hinten los ist", sprach der süsse Junge dazwischen.

Clor knurrte und schlug dem anderen Jungen auf den Hinterkopf. „Du bist so asi, Jay!"

Ich blickte die drei an und merkte mir die Namen.

Das Mädchen heisst Clavia, der heisse Junge Jay und der andere Boy Clor. „Was sind denn das für Namen? Jay klingt normal, aber Clor und Clavia, das sind doch keine natürlichen Namen", murmelte ich leise.

Ich studierte die drei genauer. Da sah ich, wie Clor plötzlich ein silbernes Schwert in der Hand hielt. Mein Herz pochte, und ich zitterte.

Schande!, dachte ich.

Clor bewegte sich langsam auf die dunkle Gasse hin, in der ich einen wild hin und her bewegenden schwarzen Schwanz entdeckte. Er sah scharf und bedrohlich aus. Ich fürchtete mich.

„Hey, Soulkiller", sagte Clor.

Soulkiller?, fragte ich mich und schaute genauer zu Clor hin.

Clavia und Jay hielten ein Messer in der Hand, Jays Messer war speziell gewellt. Sie näherten sich zögernd Clor.

Aus heiterem Himmel sprang ein Fabelwesen auf Clor zu. Es war eine Mischung aus Ratte, Katze, Mensch und Oktopus. Sein Gesicht glich dem einer Ratte, und es fauchte. Es spuckte schwarzen Speichel auf Clor, der sein Gesicht verzog. Der Körper war ausser den acht Armen nicht besonders auffällig. Es trug ein Fischerhemd. Die Beine waren stark behaart wie bei einer Katze. Der spitze Schwanz schien besonders gefährlich zu sein.

Clor wischte sich den ekligen schwarzen Speichel aus dem Gesicht. „LEUTE!!", schrie er.

Clavia und Jay rannten auf das Fellvieh zu. Clavia packte es an zwei Händen und schnitt einem Arm die Hand ab. Das Fabelwesen brüllte wie am Spiess.

Jay gelang es mit Müh und Not, Clor zu befreien. „Ich habe heute die Befrei-Deine-Freunde-Karte gezogen", meinte er und zwinkerte Clor zu. Er packte das Fabelwesen an den Schnurrhaaren, zog es nach unten, und mit einem Ruck riss das Fellmonster Clavia das Messer aus der Hand. Das Vieh warf es in Jays Richtung und traf ihn prompt an der Schulter. Jay biss sich tapfer auf die Lippe und schlug dem Monster in die Fratze. Clor packte es an zwei Händen und schmetterte es auf den Boden. Clavia zog zwei Seile aus ihrer Tasche und fesselte damit das Fabelwesen.

Es wälzte sich brummend am Boden, war ausser sich und fauchte Jay böse an. Jay rammte sein Messer in dessen Bauch, und endlich verstummte es.

Geschockt sah ich die drei an und begab mich behutsam in ihre Nähe. Ich wollte mich an den drei vorbeischleichen, doch Clavia entdeckte mich.
„Hey, Moment mal, das ist doch dieses Mädchen, das ich vorhin gesehen habe!"
Jay und Clor musterten mich von oben bis unten. Das gefiel mir gar nicht. Als ich wegrennen wollte, packte mich Clor am Arm und zog mich zurück. Wütend sah ich ihn an, aber er liess mich nicht los. Ich kniff ihn und schlug ihm auf seine Hand. „Alter, du tust mir weh!", zischte ich.
„Hast du uns gestalkt?", wollte Clor wissen.

Ich gab ihm keine Antwort.

Er drückte seine Hand noch mehr zusammen, so stark, dass ich ihm eine schallende Ohrfeige verpasste.

„Ich habe gesagt, dass du mir wehtust!!", brüllte ich ihn an.

Er wollte zurückschlagen, doch ich wehrte seine Hand reflexartig vor meinem Gesicht ab. Sprachlos guckte er mich an. Ich boxte ihm in den Bauch. „Oh sorry, du hast wohl nicht gewusst, dass ich Selbstverteidigung und Kickboxen mache. Also halt dich fern von mir!", sagte ich selbstbewusst.

Clors Blick war genervt. Clavia und Jay standen plötzlich neben mir. Das Fabelwesen lag k.o. am Boden.

Angespannt machte ich ein paar kurze Schritte zurück und rannte so schnell ich konnte davon. Ich erkannte nur noch, wie Jay und Clavia etwas besprachen.

2.   Die Party wird der Horror

Zu Hause setzte ich mich erst mal hin und atmete tief durch. „Oke Anny, das hast du nie gesehen! Alles nur Einbildung!", redete ich mir ein und klatschte mir die Hände an die Stirn. „Oh mein Gott!!", rief ich ausser Atem.
Jelly hörte mich. „Was ist los, Anny?" Sie stand bereits neben mir.
„Ich habe etwas sehr Merkwürdiges gesehen!"
„Erzähl, Anny."
„Nein, ich kann das nicht beschreiben. Ich möchte einfach nur in mein Zimmer."

Ich liess mich auf mein Wasserbett fallen und überlegte, ob das alles wirklich geschehen war. Auf meinem Handy versuchte ich, das Fabelwesen zu googeln. „Nichts!", wisperte ich enttäuscht und schloss meine Augen. Im Bett wälzte ich mich hin und her und konnte unmöglich einschlafen. Gereizt ging ich zum Boxsack in der Zimmerecke, ballte meine Hände zu Fäusten und schlug mit all meiner Kraft auf ihn ein. „Anny, beruhig dich!", sagte ich genervt zu mir und schlug mit dem Fuss in den Boxsack. „Es ist nur Einbildung, mehr nicht!" Mit meinen Händen und Füssen schlug ich so lange auf den Sack ein, bis ich nicht mehr konnte. Ich stampfte auf den Boden.
„Ich habe es mir nicht eingebildet!! Alles ist wahr!!", schrie ich und stapfte wütend von rechts nach links.

„Grrr, was ist nur mit mir los?! Warum bin ich derart wütend?!"

Ich wusste nicht mehr, was ich machen sollte. Aufgeregt musterte ich mich im Spiegel und schimpfte mit mir selber. „Anny?! Ich sehe etwas Unnatürliches und sage, dass es wahr ist. Hehe, das hat jetzt lustig geklungen." Ich konnte mir ein Schmunzeln nicht verkneifen.
Mindestens eine halbe Stunde lang zerbrach ich mir den Kopf wegen dieses Fabelwesens und der drei Teenager. Irgendwann wurde es mir zu bunt, denn ich sollte mich endlich ausruhen. Glücklicherweise fand ich diesmal schnell den Schlaf.

Nicht lange dauerte es und mein Wecker klingelte. Ich schnaubte kurz, stand auf und zog meine blauen, kaputten Jeans, ein weisses, schlichtes T-Shirt und meine Jeansweste an. Schlecht gelaunt ging ich nach unten, und dieses Mal war ich gottlob alleine zu Hause. Ich war sehr müde, hatte keinen Hunger und trank nur ein Glas Milch. Irgendwie fühlte ich mich nicht sehr wohl. Als ich meine Füsse in meine grauen Sneakers steckte, klingelte auch schon Levi an der Tür.
„Party Time!", frohlockte er.
„Levi, ich habe später Kickboxtraining, das möchte ich ungern sausen lassen. Darum muss ich spätestens um vier Uhr gehen können."
Er verstand mich.

Ich schloss die Haustür hinter uns ab, und wir verliessen zusammen das Haus. Wir gingen in Richtung Stadt.

Die reiche Debby wohnt in einer Villa am Strand. Sie und ihre Familie haben einen eigenen Strandplatz, wo nur sie baden dürfen. Die Villa ist ultramodern und zweistöckig. Debby hat sogar ihren eigenen Pool und eine riesengrosse Terrasse.

Von Weitem hörten wir bereits laute Musik. Ich war schlecht drauf.
„Hey, freu dich zumindest ein wenig. Unsere dritte Party!", jubelte Levi, und ich stellte fest, dass er das Gleiche trug wie einen Tag zuvor. Er sah cool aus.
„Hast du dich extra hübsch gemacht für heute? Du weisst schon ... wegen den Mädchen", fragte ich ihn schmunzelnd.
„Wahrscheinlich", entgegnete er kurz und bündig. Wir beide kicherten.

Da standen wir nun vor dieser supermodernen Villa. Die Musik klang noch lauter, und wir entdeckten schon die ersten Teenager. Ich fühlte mich noch immer unwohl, und mein Kopf schmerzte leicht.
Levi merkte, dass ich mich nicht allzu gut fühlte.
„Geht es dir nicht gut, Anny?"
Ich schüttelte kurz den Kopf. „Alles ist gut, danke Levi."

„Aber du bist so blass."

„Nein, nein, das ist nur wegen dem Sonnenlicht."

„Es ist bewölkt, Anny!" Levi guckte mich skeptisch an.

„Mir geht es gut, wirklich ..."

Levi drückte auf die Hausklingel. Es ging ziemlich lange, bis Debby uns öffnete. Sie hatte sich auffällig stark geschminkt und trug Partykleider.

„Heyyy, da seid ihr endlich!", rief sie überschwänglich und umarmte uns. Debby schwankte von der einen auf die andere Seite.

„Bist du betrunken?", fragte ich sie.

„Ich doch nicht ... hicks", entgegnete sie mit hochgezogenen markanten Augenbrauen. Sie lachte doof, und endlich machte sie uns Platz. Wir traten ein. Drin sah ich keine Möbel, sondern nur wild herumtanzende Teenager. Die Musik war extrem laut, und Debby tanzte uns davon.

„Ist es oke, wenn ich mich hinsetze?", fragte ich Levi.

„Ja klar!"

Ich bewegte mich von ihm weg und drängelte mich durch die Teenagermasse. Auf einer freien Couch versuchte ich es mir wenigstens ein wenig gemütlich zu machen. Direkt neben der Couch stand eine Steinlampe.

Ich liess einen Seufzer los, weil mein Kopf immer stärker pochte. Es ging mir überhaupt nicht gut, und mein Körper schmerzte. Von Weitem erkannte ich Levi mit einem Glas Wasser in der Hand. Er kam auf mich zu.

„Hier, Alte", sagte er und reichte es mir.

Levi nennt mich Alte, weil ich genau einen Monat älter bin als er.

Ich bedankte mich bei ihm und trank mit einem Schluck alles aus.
„Geht es dir wirklich gut?", fragte er mich erneut besorgt.
„Ja, danke, alles ist gut."

Ohne Vorahnung durchzuckte ein Zwick meinen Körper. Ich fuhr zusammen. Levi hatte sich inzwischen wieder auf die Tanzfläche begeben. Kurz danach folgte der zweite Zwick. Es tat höllisch weh. Die Lampe neben der Couch schien sich selbstständig zu machen. Sie flog direkt auf mich zu und prallte auf meine Hand, die einen grossen Schnitt abbekam. Niemand nahm das wahr. Ich riss mich zusammen und biss mir auf die Lippe. Da durchfuhr mich erneut ein Zwick.

Ich stand auf und rannte in den zweiten Stock, um das Badezimmer aufzusuchen. Es war niemand da, ausser dass ich in einem Raum ausgerechnet Clavia, Clor und Jay wiedererkannte.
Sie redeten miteinander, und ich ging unbemerkt an ihnen vorbei. Da zwickte es mich schon wieder. Ich knallte unverhofft gegen die Wand. Clavia, Clor und Jay mussten den Aufprall gehört haben und blickten in meine Richtung. Ich schwitzte, und die Schmerzen trieben mir Tränen in die Augen.

Da endlich entdeckte ich das Badezimmer. Mit wackeligen Beinen hastete ich rein und stützte mich auf dem Lavabo ab.

Als ich mich im Spiegel ansah, durchfuhr mich abermals ein Zwick. Ich drehte den Wasserhahn auf, und wie durch Zauberhand ging er sofort kaputt. Wasser spritzte in mein Gesicht. Ich erschrak derart, dass ich mitsamt Wasserhahn umfiel und mir den Kopf anschlug. Der Wasserhahn wich aus meinen Händen und krachte gegen das Fenster. Meinen Schnitt an der Hand spürte ich kaum mehr. Schlapp stand ich auf. Immerhin spritzte das Wasser nicht mehr.
Ich schaute erneut in den Spiegel und stellte fest, dass dieser immer mehr Risse bekam. Mein Atem wurde immer schwerer und *neiiiiin* ... Es zwickte mich schon wieder stark. Ich brach zusammen. Mein ganzer Körper schmerzte. Am Lavabo versuchte ich mich hochzuziehen, um mich im zerbrochenen Spiegel anzuschauen.

Eine eigenartige Gestalt stand neben mir. Ich drehte meinen Kopf nach hinten.

Sie sah gleich aus wie ich, nur dass die Augen samt Pupillen weiss waren und sie böse und gefährlich dreinschaute. Ich kreischte, und vor lauter Schreck rannte die Gestalt aus dem Badezimmer. Ausser Atem und keuchend setzte ich mich in die Ecke und konnte nicht fassen, was ich soeben erlebt hatte. Ich schwitzte wie ein

Fluss, und mein Herz pochte wild. Kraftlos stand ich auf. Ich hatte zwar keine Schmerzen mehr, aber meine Angst war auf 100 Prozent gestellt.

Ich vernahm ein Knacken hinter mir. Ein Holzregal im Badezimmer kippte mir entgegen. „WAS IST DA NUR LOS?!!" Ich hauchte eine Feuerwolke aus dem Mund, sie flog Richtung Regal. Dieses fackelte innert weniger Sekunden ab. Asche fiel vor meine Füsse. Ich klatschte mir die Hände auf den Mund. „Oh mein Gott, ich bin ein Monster", nuschelte ich verstört und taumelte langsam aus dem Badezimmer. „Ich muss hier weg, so schnell wie möglich!"

Verwundert guckten mich Clavia, Clor und Jay an, als sie mich vorbeihuschen sahen. Schnell machte ich mich aus dem Staub und stürmte die Treppe runter. Die Teenager tanzten noch immer ausgelassen. Hinter mir hörte ich die anderen drei. Ich flitzte durch die Teenagermenge. Auch Levi schwang unbeschwert sein Tanzbein. Ich beachtete ihn nicht, aber er mich. „Hey Anny! Anny?!"

Ich eilte nach draussen und die drei hinter mir her. Schnellstens wollte ich weg von hier. Bald verloren sie mich zum Glück aus den Augen.

Nach ein paar Minuten erreichte ich mein Haus und riss die Türe auf.

„Hallo Liebes", begrüsste mich Dad mit ruhiger Stimme.

Kopfschüttelnd und wortlos rannte ich die Treppe hoch und knallte die Tür hinter mir zu. Ich schloss sie ab und stampfte auf den Boden.

„Anny?!"

„NEIN Dad! Ich will dich nicht verletzen! Komm ja nicht in mein Zimmer!" Ich liess mich auf mein Bett fallen. Es fiel augenblicklich in sich zusammen.

„NEIIINN!!", schrie ich. Meine Matratze lag am Boden und das Bettgestell kaputt nebenan.

Dad klopfte forsch an die Tür. „Hey Anny, was ist los?"

„Ich weiss es selber nicht!", lärmte ich und schlug meine Hand auf den Boden.

Dad sagte lange nichts. „Anny, du kannst mit mir über alles reden, wirklich."

Ich starrte an die Decke. „Oke, dann erzähl mir etwas über meine Mom!"

Dad grummelte etwas vor sich hin. „Wenn es um deine Mom geht, dann sage ich nichts."

„Dann geh bitte weg!", forderte ich ihn wütend auf. Ich kriegte mit, wie Dad sich von meiner Zimmertür entfernte.

Mein Handy klingelte, Levi rief mich an. „Anny, wo bist du und was ist passiert?" Er klang besorgt.

„Ich bin verrückt. Ich sehe Sachen, die unnatürlich sind, und mir passieren Dinge, die unmöglich sind!!", schluchzte ich.

„Seit wann?"

„Seit HEUTE!"

„Was für Sachen meinst du? Bist du zu Hause?"
„Ja, ich bin daheim. Zum Beispiel ging der Wasserhahn kaputt, als ich ihn nur leicht berührte. Er
spritzte mich von oben bis unten nass.

Auf meine Hand kippte eine Steinlampe, ohne
dass sie jemand zuvor berührt hatte. Nun habe ich
da einen grossen Schnitt, doch immerhin schmerzt
er nicht mehr. Zudem fiel ein Regal auf mich, und
komischerweise fackelte ich es mit meinem Atem
ab und ... und ... AHHH, WAS IST MIT MIR
LOS?!!" Nervös ging ich auf und ab.

Levi versuchte mich zu beruhigen. „Du bist nicht
verrückt. Wahrscheinlich sind das alles Illusionen
oder etwas Ähnliches."
„Da bin ich mir nicht so sicher", erwiderte ich.
„Weisst du was, Alte, geh einfach kickboxen, und
alles wird danach wieder gut sein. Du kannst mich
jederzeit anrufen, wenn du Hilfe brauchst."

Halbwegs erleichtert setzte ich mich auf den
Boden. „Danke Levi. Du bist der Beste."

Wir legten auf, und ich schlüpfte in meine blaue
Trainerhose und zog mein pinkes Top an. Meine
Haare band ich zu einem schlichten Pferde-
schwanz zusammen. Ich verband meine verletzte
Hand und packte meine Turntasche einschliesslich
Schuhe und Trinkflasche. Dann rannte ich nach
unten, verabschiedete mich ohne grosse Worte
von Dad und lief in Richtung Stadt.

Nicht weit vom Strand entfernt befindet sich das Kickboxcenter. Meine Kickboxlehrerin heisst Amanda Fershas. Sie könnte das Double von Angelina Jolie sein, einfach noch kräftiger, sportlicher und jünger.

Ihre Haare sind braun, die Augen grünblau und ihre Hautfarbe honigbraun. Sie trägt oft schwarze Boxershorts und ein weisses Top. Ich bin ihre beste Schülerin, und sie mag mich sehr, so wie ich sie auch.

Ich trat ein, und da ich zwei Stunden zu früh dort war, war nur Amanda anwesend.
„Oh Anny. So früh schon hier?", fragte sie stutzig.
„Ja, ich wollte heute früher kommen."

Im Trainingsraum hängen unzählige Boxsäcke und Puppen zum Dreinschlagen. In der Mitte ist die Kampfarena. Der Raum ähnelt irgendwie einem Militärbunker, hat keine Fenster, nur eine Lampe leuchtet hell.

Ich vernahm Stimmen und lauschte. „Und vergiss nicht, verhalte dich normal!", hörte ich eine bekannte Jungenstimme sagen.
„Ja Mann!", erwiderte eine Mädchenstimme.

In dem Moment betrat ein Mädchen den Trainingsraum.

Ich schätzte sie etwa auf mein Alter. Ihre blond-
weissen Haare hatte sie zu zwei Schwänzen
gebunden. Ihre Augen glänzten blaugrünpink, und
ihre Haut schien ein wenig heller als meine. Sie
trug ein weisses Top, grüne Sportleggins, und sie
war barfuss, so wie Amanda und ich.

Sie ging direkt auf Amanda zu, und sie begrüssten
sich freundlich.
„Ach, du bist bestimmt die Neue, oder?"
Das Mädchen nickte.
„Du darfst gleich zu Anny rübergehen, und ihr
könnt euch kennenlernen." Amanda zeigte auf
mich.
Ich sah, dass sie ein weissgrauschwarzes Leder-
armband trug.
„Hi, du bist Anny, oder?"
Ich bejahte, und wir reichten uns die Hände. „Mein
voller Name ist Anny Brev. Und wie heisst du?"
„Esabel Cursh."

3. Die Neue verhält sich eigenartig

Esabel war sehr nett, und wir verstanden uns auf Anhieb.

„Anny, könntest du Esabel bitte den Trainingsraum zeigen?", unterbrach uns Amanda.

Ich führte Esabel gerne herum.

„Und was für Hobbys hast du sonst noch?", fragte sie mich.

„Selbstverteidigung und eben Kickboxen. Vor ein paar Monaten nahm ich noch Gymnastikunterricht, doch das alles kostete zu viel. Jetzt mache ich Gymnastik nur noch zu Hause."

„Du magst also Sport?"

„Ja, sehr. Sport ist mein Leben, ich bin hyperaktiv."

„Hey, ich auch!", meinte Esabel zu meiner Überraschung.

„Wirklich?"

„Ja!"

Wir schmunzelten beide.

„Und welche Hobbys hast denn du?"

„Hauptsächlich Kickboxen und ebenfalls Gymnastik. Ich habe zusätzlich noch ein Hobby, aber das verrate ich nicht, weil du es mir sowieso nicht abkaufen würdest."

Schade, das hätte ich wirklich gerne erfahren.

„Was hast du heute sonst noch gemacht?", versuchte Esabel auf ein anderes Thema zu lenken.

„Ich war auf einer Party." Ich schluckte leer, und Esabel merkte, dass etwas mit mir nicht stimmte.

„Und wie war es?"

„SCHLIMM!!"

„Warum?"

„Weil es mir nicht gut ging. Mein ganzer Körper tat mir weh, und mein Kopf pochte. Und immer wieder durchfuhren mich unerklärliche Zwicke …"

„… die unglaublich weh taten", unterbrach mich Esabel.

Überrascht blickte ich sie an. „Ja, woher weisst du das?"

Esabel blieb stehen und strich sich eine Haarsträhne hinters Ohr. Unruhig blickte sie mich an und stockte: „Hab geraten."

Das nahm ich ihr nicht ab.

Es knackste neben mir. Ein Boxsack löste sich aus der Verankerung, flog auf uns zu und landete unvermittelt vor Esabels Füssen.

„Das gibt's doch nicht! Esabel, seit diesen Zwicken passieren mir immer wieder solch verrückte Sachen, die mich verletzen oder sogar TÖTEN könnten!"

Esabel hob den Boxsack auf. Auf ihrem Handrücken entdeckte ich ein Zeichen. Ich zog ihre Hand zu mir, um es mir genauer anzuschauen. Es sah aussergewöhnlich aus. Da war ein halber Kreis, der einem ‚C' ähnelte. In der ‚C'-Mitte hatte es ein kleines ‚o'. Ein grosses ‚#' überquerte das ‚C' und das ‚o'.

Auf Esabels Armband stiess ich auf das gleiche Zeichen, einfach in Klein.

„Was bedeutet dieses Zeichen?", fragte ich sie und deutete auf ihre Hand.

Esabel steckte sie blitzartig in ihre Hosentasche.

„Nichts. Es ist nur ein Tattoo."

„Aber warum hast du das gleiche Symbol auch auf deinem Armband?"

Esabel wurde nervös. „Themawechsel. Kommen wir auf die Party zurück ... Was hast du gemacht, als du diese Zwicke bekamst?"

„Hmm, ich rannte ins Badezimmer und schaute mich im Spiegel an."

„Und ist dann wieder irgendwas Mysteriöses passiert?"

Esabel war sehr neugierig, ich aber wollte zurückhaltend sein, da ich sie ja nicht kannte und ihr deshalb nicht vertrauen konnte. „Warum willst du das von mir wissen?"

„Weil ich neugierig bin", erwiderte sie.

Ich runzelte die Stirn. „Es erschien eine dunkle Gestalt neben mir und ... "

„Wie sah sie aus?" Esabel blickte mir tief in die Augen.

Ich guckte mich um. „Gleich wie ich, einfach böse, und ihre Augen waren weiss und nicht blausilbergrau wie meine."

Esabel drehte sich von mir ab. Sie lief hin und her und überlegte.

„Was machst du?", wollte ich wissen.

„Nichts Spezielles."

Sie verunsicherte mich mit ihrem geheimnisvollen Verhalten.

Unterdessen trudelten schon ein paar andere Teenager ein.

„So Kids, jeder stellt sich zu einem Boxsack und fängt schon einmal an zu trainieren", sagte Amanda bestimmt und klatschte in die Hände.
Esabel und ich gehorchten ihr. Ich schlug bereits auf einen Sack ein. Ich spürte, wie mich Esabel dabei beobachtete.
Was ist denn das an Esabels Ohr? Abrupt stoppte ich meine Boxschläge und musterte ihr Ohr.
Esabel bemerkte meinen kritischen Blick. Sie flüsterte irgendetwas. Wie angewurzelt stand sie vor mir und starrte mich an.
„Esabel? Alles oke?" Ich wedelte mit meiner Hand vor ihren Augen. „Esabel?!"
Da hörte ich sie leise sagen: „Ihre halbe Seele ist draussen ... Was soll ich tun?"
Ich stutzte und hing mit meinem Blick immer noch an ihrem Ohr. Sie trug ein kleines Headset im Ohr. Es war pechschwarz, ein kleiner roter Punkt blinkte. Irgendjemand sprach mit ihr.
Plötzlich schien sie zu erwachen. Sie schüttelte sich kurz durch. „Oh, hey Anny. Wollen wir uns einmal treffen?"
Verwirrt blickte ich sie an. „Ööhmm, ich kenne dich noch nicht gut. Also nein danke, vielleicht ein anderes Mal."

Ich wandte mich von ihr ab und kickte mit dem Fuss in den Boxsack. Esabel schlug wortlos ebenfalls gegen den Boxsack. Kurze Zeit später war die Trainingsstunde bereits vorüber.

Ich eilte nach Hause, geradewegs in mein Zimmer. Am Abend mochte ich nichts essen und wollte sofort schlafen gehen. Ich legte mich ins Bett und versuchte zu schlafen. Ich hatte Angst, dass mir in der Nacht irgendetwas passieren könnte, deshalb fand ich meinen Schlaf nicht. Ununterbrochen blickte ich auf die Uhr, und irgendwann fielen mir die Augen doch noch zu.

Der nächste Tag startete. Meine Augen hatte ich kaum geöffnet, als vor mir mein Stuhl aus dem Nichts umkippte. Ich schrie auf, doch zum Glück hörte mich niemand. Hastig stellte ich ihn wieder auf und spürte ein Brennen in meiner linken Schulter. Mein Kontrollblick zeigte mir, dass mit ihr etwas nicht stimmte. Sie war aufgeschürft. Fragend schaute ich mich in meinem Zimmer um und bemerkte, dass auf meiner Matratze meine drei Nagelfeilen lagen, dort, wo meine linke Schulter gelegen hatte. Wortlos legte ich sie aufs Pult und wollte so schnell wie möglich raus aus meinem Zimmer. Ich rannte nach unten.

Mein Vater sass auf dem Sofa und las die Zeitung. Ich sauste in die Küche. Jelly war nicht dort. Ich suchte sie, doch ich fand sie nirgends.

Schweigend ging ich zu Dad, der noch immer seine Zeitung vor seinem Gesicht hielt. „Dad, wo ist Jelly?"

Mein Vater nuschelte irgendetwas.

„Dad! HALLO?!! Wo ist deine Sis?"

Das gibt's ja nicht! Er ignorierte mich, weil er zu stark in seine Zeitung vertieft war. Forsch packte ich die Zeitung und zog sie runter. Dad schaute mir verdutzt in die Augen, doch ich gab nicht locker. „Wo steckt Jelly?"

Übrigens, Dad hat hellbraune Haare, und seine Augen sind blaugrün. Er hat die gleiche Hautfarbe wie ich, und er ist genau einen Kopf grösser als Levi. Er ist ein sehr attraktiver und hübscher Mann. Er heisst Simon, doch alle nennen ihn Sim.

Dad trug seine schlabbrige Lieblingstrainerhose und ein helles T-Shirt. Da es Sonntag war und er frei hatte, konnte er heute machen, was er wollte.

Endlich antwortete er mir. „Im Kochkurs, wo sonst?"

Ich seufzte.

„Anny, was war eigentlich gestern mit dir los?"

Ich setzte mich neben ihn hin. „Ich weiss auch nicht. Es war einfach ein sehr verrückter Tag."

Dad ging gottlob nicht weiter drauf ein. „Einfach so als Tipp. Es ist 11.00 Uhr, und du solltest bald im Kickboxtraining sein", meinte er nüchtern.

Ich riss meine Augen auf, hastete hoch in mein Zimmer, zog ein gelbes Top und dunkle Boxershorts an, packte meinen Rucksack und verabschiedete mich von Dad. „Danke Dad!"

Ich rannte aus dem Haus und machte mich auf in die Stadt. Unterwegs meinte ich, Jay, Clavia, Clor und ESABEL gesehen zu haben. Doch ich hatte mich getäuscht. Ich lief weiter und erreichte das Kickboxcenter. Drinnen zog ich meine grauen Schuhe aus.

Im Trainingsraum begrüsste mich freundlich Amanda. „Hallo, Kleine! Bist du bereit?", fragte sie mich, und ich verstand nicht, was sie damit meinte. „Wofür?"

„Fürs morgige Turnier."

„Aha, ja, ich denke schon."

„Gut, dann los, trainiere!"

Sie scheuchte mich zu einem Boxsack, und ich schlug mit meiner Faust darauf ein. Kurze Zeit später war auch Esabel da. Sie spielte mit einem anderen Armband in der Hand und kam auf mich zu. „Hey Anny, ich habe etwas für dich." Sie reichte mir das Armband.

Ich runzelte die Stirn. Das Band war silberrot und sah cool aus. „Sorry Esabel, aber ich bin ein Mädchen, das nicht gerne Armbänder trägt. Wieso gibst du mir eines?"

„Ich dachte eben, es würde dir gefallen."

„Natürlich gefällt es mir, sogar sehr, aber ich trage keine Armbänder."

„Nimmst du es trotzdem?"
Ich zog es ihr zuliebe an.
„Hhmm, es fühlt sich gut an."
„Ich weiss, deshalb trage ich es auch. Ich gehöre
auch nicht zu den Mädchen, die gerne Schmuck
tragen."
Schmunzelnd schlug ich mit meiner Faust nochmals gegen den Boxsack. Esabel sah mir kurz zu,
schaute dann aber wieder weg.
„Tut mir leid, Amanda, aber ich muss mal schnell
zur Toilette!"

Amanda gab Esabel ihr Okay, und sie verliess
schnell den Raum. Da ich das irgendwie merkwürdig fand, eilte ich ihr nach. Ich sah, wie Esabel
vor dem Ausgang stand und hin und her blickte.
Hinter der Tür versteckte ich mich. Sie verliess das
Haus. Auf leisen Sohlen schlich ich hinterher.
Dann rannte sie weg. Esabel bog in eine dunkle
Gasse ein, wo zwei alte Häuser dicht nebeneinander standen. Sie blieb stehen. Ich versteckte
mich hinter einem Busch.
„Leute, kommt raus!"

Im Dunkeln erschienen drei Gestalten und gingen
auf Esabel zu. Sie waren schwarz gekleidet,
trugen alle eine Brille und hatten die Kapuze über
den Kopf gezogen.
„Und?", sprach eine mir bekannte Stimme.
Esabel seufzte. „Zuerst will ich eure Gesichter
sehen!", erwiderte sie gereizt.

Die drei Gestalten nahmen die Brillen und Kapuzen runter. Es waren Clavia, Jay und Clor.

„Sag jetzt! Hat sie es?", fragte Jay neugierig.
Esabel stemmte ihre Hände in die Hüften.
„Natürlich hat sie das Armband. Ihr könnt froh sein, dass ich sie überzeugen konnte."
Reden die über mich?, dachte ich und lauschte weiter.
„Und weiss es Anny schon?", fragte Clor.
Esabel verpasste ihm eine leichte Ohrfeige. Clavia lachte sich krumm.
„Sicher weiss sie es noch nicht, du dummes Huhn! Ich sag es ihr bestimmt nicht!!", entgegnete Esabel wütend.
Clor rieb sich die Wange, und Clavia lachte noch immer.
„Das nächste Mal, wenn du mir so eine bescheuerte Frage stellst, schlag ich dich mit meiner Peitsche!!", drohte Esabel.
Spätestens jetzt musste ich mich zu erkennen geben …
„Was weiss ich noch nicht?"
Alle vier sahen mich verwirrt an, und Esabel klatschte sich die Hand auf den Mund.
„Super, Esabel!", meinte Clor empört und schlug sie in den Nacken.
„SPINNST DU!!!", brüllte Esabel und stiess Clor gegen die Wand.
Clor ballte die Hand zu einer Faust.

„Hey Leute, beruhigt euch! Ich denke, wir haben ein grösseres Problem!", mischte sich Clavia ein.

Sie deutete mit ihrem Kopf auf mich.

„Was wisst ihr über mich?", fragte ich aufdringlich und zugleich nervös.

Die vier kamen näher auf mich zu.

„Ist das Anny?", wollte Jay wissen.

Esabel nickte.

Jay zog eine Augenbraue hoch. „Oha, also hübsch ist sie."

„Anny, es ist schwer zu erklären, aber ...", sprach Esabel. Sie zögerte, strich sich durchs Haar und fuhr weiter: „Ich kann es ihr nicht sagen!!"

Die anderen drei schnauften tief.

Clavia kam ganz nahe zu mir. „Zuerst einmal musst du wissen, wie wir heissen."

„Ich weiss schon, wie ihr heisst!", sagte ich laut und wich ein paar Schritte zurück. „Dein Name ist Clavia. Und du bist Clor und du Jay!"

Sie waren sprachlos und schauten sich gegenseitig verdutzt an.

„Woher weisst du das?", fragte Jay.

„Vor zwei Tagen, als ihr drei gegen dieses Rattenvieh gekämpft habt, habe ich euch zugesehen."

Clor musterte mich. „Moment mal ... Bist du dieses Mädchen, das mir in den Bauch geschlagen hat?"

Ich blickte verlegen auf den Boden.

„Einfach, dass du es weisst, Anny, es war kein Rattenvieh, sondern ein Soulkiller."

Ich bekam Angst. „Ein Soulkiller?!", rief ich.

Jay kam auf mich zu und legte seine Hand auf meinen Mund.

„Nicht so laut!", befahl er, und ich schlug reflexartig seine Hand weg.

„Schön, und jetzt erklärt es mir!"

Alle standen um mich herum.

„Weisst du, wir sind nicht normal", meinte Clavia.

Meine Hände zitterten. Ich stolperte über einen Busch und fiel auf meinen Rücken. Jay reichte mir seine Hand und half mir hoch. „Du weisst doch bestimmt, dass Menschen Seelen haben", sprach er.

„Ja, so wie ihr und ich!!", entgegnete ich.

„Nicht ganz", erwiderte Clor.

„Nicht ganz?! Häää?"

„Wir haben nur die Hälfte einer Seele."

„DIE HÄLFTE??!!" Mir wurde schwindelig, und ich begann zu schwitzen. „Aber dann würdet ihr ja gar nicht mehr leben, oder?"

Alle schüttelten den Kopf.

„Darum sind wir sehr aussergewöhnlich und haben spezielle Kräfte. Und dieses Symbol, das du gestern auf meiner Handfläche gesehen hast, ist ein Zeichen, dass ich eine Halbseelige bin", versuchte mir Esabel zu erklären.

Vor meinen Augen drehte sich alles, und ich klatschte mir die Hände an die Stirn.

„Und du bist auch eine Halbseelige, Anny!", sagte Clavia.

Ich brach zusammen.

4. Ich erfahre, dass ich nicht ‚normal' bin

Langsam spürte ich warme Lichtstrahlen in meinen Augen. Ich lag auf einem steinharten Boden und öffnete leicht meine Augen.

„Sie erwacht", wisperte Esabel glücklich neben mir. Ich rieb mir die Augen und hockte auf.

„Ah, was ist passiert?", fragte ich verwirrt, und Jay tupfte mit einem feuchten Tuch meine Stirn ab.

„Du wurdest ohnmächtig."

Clavia massierte mir meine Schultern, Esabel reichte mir eine Wasserflasche, und Clor hielt meine Jacke in der Hand.

Ich sass in meinem gelben Top auf dem Boden und schluchzte. „Wie lange war ich ohnmächtig?"

„Einen Tag", antwortete Clor.

Ich nahm einen grossen Schluck aus der Flasche.

„Stimmt das wirklich, dass ich nur eine halbe Seele habe und ihr auch?", wollte ich verzweifelt wissen. Alle bejahten. Ich schloss wieder meine Augen.

„Werde aber bitte nicht nochmals ohnmächtig!", flehte Clavia mich an.

Ich schüttelte den Kopf und legte mich wieder hin.

„Möchte und werde ich auch nicht. Aber sagt mal, was ist denn an uns so speziell und wo bin ich eigentlich?" Ich guckte mich um und merkte, dass wir uns in einem dunklen Raum befanden. Durch ein kleines Fenster schienen angenehm warme Sonnenstrahlen.

Der Raum war komplett leer und schien nicht bewohnt.

„Wir sind in einem unbewohnten, alten Haus. Vieles ist kaputt, aber das hier ist der einzige Ort, an dem uns niemand sehen kann und wir dir in aller Ruhe alles erklären können", sagte Clor.

„Dann erzählt mir bitte, was so speziell an Halbseeligen ist."

Die vier guckten sich gegenseitig an, und Esabel rutschte neben mich hin. „Weisst du, alle normalen Menschen auf dieser Welt haben eine ganze Seele. Es gibt aber auch Menschen, die eine halbe Seele in sich tragen und in einer speziellen Stadt leben."

„Das bedeutet, eine Hälfte der Seele ist noch im Körper und die andere ist ins Jenseits gewandert", ergänzte Jay und lächelte mich an.

„Aber ist denn diese Hälfte der Seele, die ins Jenseits geht, schon seit der Geburt fort?", fragte ich.

„Nicht ganz. Die Halbseeligen haben seit der Geburt eine halbe Seele, aber die andere Hälfte der Seele ist sozusagen eingeschlossen im Körper. Die eine Hälfte kann sich bewegen und machen, was sie will, und die andere Hälfte ist gefangen", versuchte Clavia mir zu erklären.

„Doch irgendwann im Leben befreit sich die halbe Seele. Da sich diese Hälfte der Seele nicht an den Körper hat gewöhnen können und nicht weiss, wie man mit einem lebendigen Menschen umgeht,

geht diese gefangene Seele raus aus dem Körper", ergänzte Clor.

„Und gestern hat sich deine gefangene Seele aus deinem Körper befreit", bemerkte Esabel.

„An Debbys Party?"

„Deshalb tat dir dein Körper derart weh. Jedes Mal, wenn es dich zwickte, befreite sich die Seele immer mehr aus deinem Körper", entgegnete Esabel.

„Und das ist euch auch schon passiert?"

Alle vier nickten gleichzeitig.

„Bei mir war das vor zwei Monaten", meinte Clavia.

„Meine ging vor einem Jahr raus", sprach Clor.

„Zwei Jahre", sagte Jay.

Esabel lächelte: „Drei Jahre." Sie streckte Jay die Zunge raus, und er verdrehte nur seine Augen.

„Und warum passieren mir immer wieder solch merkwürdige Dinge? Als wäre ich verflucht."

„Das liegt daran, dass wir Halbseeligen aussergewöhnliche Kräfte haben und das Einfluss auf uns haben kann. Unsere Kräfte ziehen sozusagen Gefahren an, sodass man sich stark verletzen oder sogar sterben könnte. Wir sind wie Magnete für gefährliche Situationen, aber dafür tragen wir auch diese Armbänder", erklärte Jay.

Alle zeigten sie mir. Sie sahen ähnlich aus wie dasjenige, das ich von Esabel geschenkt bekommen hatte.

Jays Armband ist hellgrün und hat ebenfalls ein Symbol. Sein Zeichen sieht aus wie ein grosses ‚M', und darin steht ein grosses ‚H', das um 90 Grad gedreht ist.

Clavias Armband ist grausilbern, und ihr Zeichen ähnelt einem grossen ‚S', das in einem grossen ‚U' steht. In der ‚S'-Mitte hat es ein kleines Kreuz. Clors Armband ist himmelblau, und sein Symbol sieht aus wie ein ‚N' mit einem eingemitteten ‚#'.

„Und was bringen diese Armbänder?", fragte ich.
„Sie bewahren uns vor solch gefährlichen Situationen und schützen uns", antwortete Jay.
Ich blickte auf mein Armband und merkte, dass es gar kein Symbol hatte. „Warum hat meins keines?"
„Meine Zwillingsschwester muss zuerst noch herausfinden, welche Kraft du besitzt. Dann kann sie das Zeichen in das Armband eingravieren", meinte Clor.
„Und weisst du, dieses Symbol auf dem Armband haben wir auch irgendwo auf unserem Körper. Mein Zeichen ist auf der Handoberfläche", äusserte sich Esabel.
Jay zog seine Jacke aus und deutete auf seine Schulter. „Mein Zeichen ist hier."
„Meines am Nacken", sagte Clavia und drehte mir ihren Rücken zu. Da war wirklich das gleiche Zeichen, einfach viermal grösser.

Clor zeigte sein Symbol an seinem Unterarm.

Alle schienen gleich gross, etwa sieben Zentimeter lang und sieben Zentimeter breit. Ich staunte.

„Anny, dein Nachname ist Brev, oder?", fragte mich Clavia.

Ich nickte.

„Dann besteht dein Zeichen aus einem grossen ‚B'."

Ich überlegte und kapierte, was sie meinte. „Und wie lauten denn eure Nachnamen?"

„Meinen kennst du ja bereits: Esabel Cursh."

„Clavia Serux."

„Mein voller Name ist Clor Nashex."

„Und meiner Jay Mershon."

„Dann ist in eurem Symbol immer der Anfangsbuchstabe eures Nachnamens drin?"

„Jep", sagten alle miteinander.

Ich setzte mich im Schneidersitz hin. „Und was ist an Halbseeligen sonst noch speziell, ausser dass jeder Halbseelige ein Symbol trägt?", fragte ich neugierig.

„Wir sind alle hyperaktiv", sprach Jay.

Ich war baff. „Wirklich?"

„Ja, und wir Halbseeligen mögen Sport, Schwertkampf, Messerkampf und so weiter, am liebsten kämpfen wir."

Ich war überrascht, denn ich mochte es ehrlich gesagt sehr zu kämpfen.

„Wir werden alle äusserst schnell aggressiv und sind ab vielem genervt.

Wir haben eine enorme Energie und alle Halbseeligen haben spezielle Kräfte", sprach Clavia.
Ich überlegte. „Kräfte?"

„Ja, Kräfte. Zum Beispiel Wasserkräfte, Erdkräfte,
Luftkräfte, Steinkräfte, Metallkräfte und und und ...
Jeder Halbseelige hat irgendeine Art spezielle
Kraft, denn sonst ist man keiner", erläuterte Clor.

„Und was habt ihr für Kräfte?", fragte ich.

Esabel beugte sich zu mir hin. „Ich habe Luftkräfte,
also eigentlich Himmelkräfte."

Mein Mund stand offen, und ich nahm einen grossen Schluck aus meiner Wasserflasche.

„Meine Kraft ist Metall, also Metall und Stein",
sprach Clavia.

Ich musste schmunzeln. „Und eure?"

„Meine ist Erde, Natur, einfach alles, was mit Natur
zu tun hat", sagte Jay.

Ich lächelte.

„Und meine Kraft ist Luft – also die Gleiche wie bei
Esabel", ergänzte Clor.

„Uuuh! Und ich soll mir diese Kräfte alle merken
können?" Ich klatschte mir wieder einmal die Hand
an die Stirn.

„Nein, natürlich nicht! Du musst einfach wissen,
dass Halbseelige spezielle Kräfte haben", meinte
Esabel.

„Oke Anny, du musst jetzt mit uns mitkommen",
forderte Clavia mich auf.

Damit hatte ich nicht gerechnet. „Wohin und
warum?"

„In das Half Soul House. Dort wirst du von nun an leben, und meine Sis wird herausfinden, welches Symbol und welche Kraft du hast", sprach Clor.

„Aber was ist, wenn ich nicht will und bei meinem Vater bleiben möchte?"

„Dein Dad ist ein ‚Mensch'! Du willst uns damit im Ernst sagen, dass du nicht wissen willst, welches Symbol du bekommst und welche Kraft du hast?", fragte mich Esabel enttäuscht.

Ich zuckte mit den Schultern.

„Im Half Soul House ist es viel cooler, und dort kannst du einfach du selbst sein", meinte Jay.

Ich zögerte lange. „Oke, aber ich will mich von meinem Vater verabschieden können."

Die vier waren einverstanden. Ich stand auf, meine Füsse waren weich wie Butter. Esabel wollte mich festhalten.

„Ich kann gehen!", zischte ich.

Unverzüglich liess sie mich los. Schnell lief ich Richtung Tür. Ich riss sie auf, schaute mich um und merkte, dass mein Haus ganz in der Nähe war. Ich eilte nach Hause. Die vier kamen mir hinterher. Von allen war ich die Schnellste.

„Boah, ist die schnell!", schnaubte Clor, als wir mein Zuhause erreichten.

Dad kam soeben aus dem Haus. Clavia und Esabel erstarrten und lächelten meinen Vater an. Clavia spielte mit ihren Haaren, und ich umarmte ihn herzlich.

„Anny?", fragte er misstrauisch und blickte die anderen vier an. „Wer sind die?"

„Ich liebe dich sehr, Dad, aber ich muss dich jetzt verlassen. Ich gehe jetzt in mein echtes Leben."

„Was?" Er schien fassungslos.

„SAG LEVI, DASS ER MEIN BESTER FREUND BLEIBT ... FÜR IMMER!!!", rief ich, und weg waren wir. Ich weinte.

„Dein Dad ist richtig attraktiv!" Esabel brachte mich kurz zum Schmunzeln.

„Hey, wahrscheinlich siehst du endlich deine Mutter, sie ist auch eine Halbseelige", versuchte sich Jay für mich zu freuen.

„Was?! Meine Mom ist auch eine Halbseelige?"

„Ja, denn sonst wärst du keine!", lächelte Clavia.

„Bei mir ist es auch so. Meine Mutter ist eine Halbseelige und mein Vater ein Mensch", meinte Jay.

„Bei mir ebenso", ergänzte Clor.

„Bei Clavia und bei mir ist es genau umgekehrt", sprach Esabel.

„Wenn ein Halbseeliger und ein normaler Mensch ein Kind zeugen, ist es logisch, dass das Kind dann ebenfalls halbseelig ist", erklärte Clavia.

„Kann es wirklich sein, dass ich meine Mom sehe?"

„Ja, in der Stadt kann es gut möglich sein, doch im Half Soul House nicht. Dort leben nur Kinder und Teenager bis 20 Jahre", gab Clor zu verstehen.

„Gibt es auch böse Halbseelige?", fragte ich.

„Ja, die nennt man die bösen Halbseeligen. Ausserdem gibt es noch die Monster, die man Soulkiller nennt. Die Soulkiller arbeiten mit den bösen Halbseeligen zusammen", erklärte Esabel.

Bald standen wir vor einem alten, verlassenen und schmutzigen Haus.
„Was machen wir hier?", wollte ich wissen.
„Wir gehen nun ins Half Soul House", antwortete Jay.
Mit vielen Fragen im Kopf trat ich ein. Es war kalt und düster. Ein Schrank stand in der Ecke. Ein muffiger Luftzug kam uns entgegen, als Esabel ihn öffnete. Alte Kleider hingen darin. Esabel stieg in den Schrank, die anderen hinterher, und ich kam als Letzte nach.
„Hmmm, aber das ist doch nicht das Haus, oder?"
„Nein Anny, aber der Weg zum Haus", lachte Clor.
Ich schluckte leer und schlängelte mich durch die Kleider.

5.   Das Half Soul House

Es war dunkel, und ich hatte Angst. Endlich sah ich Licht und hörte Vögel zwitschern. Ich ging schneller und stieg als Letzte aus dem Schrank. Wir befanden uns in einer alten, kleinen Hütte mit Kamin und einem kleinen Bett. Der Raum kam mir vor wie ein Lagerzimmer für eine Person.

„Jay, Esabel und ich müssen noch etwas erledigen. Clor, führe doch du Anny zum Half Soul House", sagte Clavia, und ich merkte, dass er darauf keine Lust hatte.

„Wenn es sein muss ... Also komm, Anny." Clor schnaubte und verschränkte seine Arme.

Wir verliessen das Haus, und unsere Wege trennten sich. Esabel, Clavia und Jay bogen nach links und Clor und ich nach rechts ab. Wir liefen über eine grosse Wiese.

„Clor, wo sind wir hier?"

„In Amerika."

„Aber ich kenne diesen Ort gar nicht."

„Ist auch logisch! Dieser Ort wurde auch noch nicht von normalen Menschen entdeckt, weil sie keinen Zutritt haben. Denn das ist die Half Soul Grenze, besser gesagt noch nicht ganz, erst dort vorne beim Hügel."

Er zeigte auf eine kleine Anhöhe, die mit grossen, dicken Mauern gebaut war. In der Mitte des Hügels fiel ein gigantisches Tor auf, das geschlossen war.

Der Hügel war weit von uns entfernt, doch das
störte uns, vor allem mich, nicht.

„Nur Halbseelige können durch dieses Tor gehen.
Diese Mauer ist zehn Kilometer lang und fünf
Kilometer breit. Hinter der Mauer ist das Half Soul
Land. Es ist ein unbekanntes kleines Land, das
niemand, ausser den Halbseeligen, kennt. Im Half
Soul Land ist das Half Soul House und eine
einzige grosse Stadt, sonst sieht man nur Wiese",
erklärte mir Clor.

„Ich kann dich irgendwie nicht leiden", brummelte
Clor, als wir vor dem Tor standen.
Was? Was laberte er da? Mit einem sauren Blick
guckte ich ihn an, knurrte und konnte nicht glau-
ben, was er soeben gesagt hatte. „Wie bitte?!"
„Ich mag dich nicht!"
Empört schüttelte ich den Kopf. „Ich dich auch
nicht, Dummkopf!"
Clor riss mit Wucht das Tor auf, worauf ich ihm
absichtlich ein Bein stellte. Er stolperte und fiel hin.
„Selber schuld!", zischte ich und würdigte ihn
keines Blickes.
Vor uns lag eine weite Wiese. Verschwommen
erkannte ich ein grosses Haus. Da waren ein paar
Bäume, aber keine Hügel und keine Berge. Es war
flach. „Wooow!", staunte ich.
Clor stand grimmig auf. „Boah Anny, kannst du
nerven!"

Ich streckte ihm meine Hand vors Gesicht. „Halt du besser deinen Mund!!"

Clor murmelte irgendetwas. Ich beachtete ihn nicht weiter und lief durchs Tor. Dass ich problemlos durchgehen konnte, war ein eindeutiges Zeichen, dass ich eine Halbseelige war.

Clor trottete mürrisch hinter mir her. „Dort vorne ist das Half Soul House", knurrte er.

Ich versuchte, ihn weiterhin zu ignorieren und schaute mich auf alle Seiten um.

Clor merkte dies und schwieg für eine kurze Zeit. „Soll ich dich zu meiner Schwester begleiten?"

Ich runzelte die Stirn und antwortete ... nichts.

„Alter, Anny, soll ich dich jetzt begleiten oder nicht?" „Wenn du mich nicht nervst, dann ja!"

Nach kurzer Zeit erreichten wir das Haus, gebaut aus braunrotem Beton. Beim Eingang brannten ein paar Fackeln. Ich zählte zehn Stockwerke. Es schien freundlich und gepflegt. Auffällig waren die vielen verriegelten Fenster. Auf den ersten Blick hätte es auch ein Hotel sein können. Beim zweiten Hinsehen empfand ich das Haus als eine Mischung aus Hotel und Burg. Es gefiel mir. Oberhalb der Holzeingangstür stand mit schöner Schrift:

Willkommen Halbseelige

Clor öffnete die Tür, und ich trat als Erste ein.

Der Raum wirkte auf mich sehr modern und sauber. An der Wand reihte sich Bücherregal an Bücherregal, und im ganzen Raum waren Sofas und Sideboards verteilt. Auf den weissen Ledersofas sassen viele quasselnde Teenager. In der Raummitte befand sich die Rezeption, an der eine Frau und ein Mann arbeiteten.

„Hallo Clor, wen hast du denn hier dabei?"

Die Frau lächelte mich an, und Clor ging mit mir zu ihr hin. Er klatschte eine Hand auf den Tisch und sah der Frau dabei direkt in die Augen.

„Das ist Anny, Anny Brev, und ich begleite sie zu meiner Schwester."

Die Frau hatte sofort verstanden.

„Meriane befindet sich zurzeit in ihrem Zimmer", sprach sie. In ihrer Hand hielt sie eine Art Handy.

„Was ist das?", fragte ich.

„Das ist ein Zimmerkontroller. Damit kann ich kontrollieren, ob der Bewohner im Zimmer ist oder nicht. Wenn mich jemand nach einer Person fragt, gebe ich den Namen und die Zimmernummer ein, und schon sehe ich, ob die Person anwesend ist oder nicht. Cool, oder?"

Ich nickte.

Clor packte mich an der Hand. „Danke, und jetzt komm." Er zog mich zu einer Tür, riss sie auf, und wir standen vor einer Treppe, die nach oben führte. Eine Fackel brannte neben der Tür. Die Treppe war mit einem roten Teppich bedeckt. Wir gingen die Treppe hoch.

„Deine Sis heisst Meriane?", wollte ich wissen.

„Ja, besser gesagt heisst sie die DUMME Meriane!" Immer noch nicht besser gelaunt, beschleunigte er seinen Gang. Wir waren im zweiten Stock angekommen.

„Dumme Meriane?"

„Ja, sie ist dumm. Ich hasse meine Zwillings-schwester. Sie ist dickköpfig und wird extrem schnell aggressiv."

„Oke, das trifft auch auf dich zu", erwiderte ich.

„Halt deinen Mund, Anny!"

Ich schmunzelte vor mich hin. Clor öffnete eine Tür im zweiten Stock. Vor uns lag ein langer Gang mit vielen Glaswänden. Ich wollte in den Himmel hochschauen, aber leider war die Decke mit einer Holzplatte bedeckt. Links von mir waren viele Türen. Sie waren alle mit einer Nummer versehen.

„10, 11, 12, 13, ... Sind das die Zimmernummern?", fragte ich.

„Ja, Meriane ist in Zimmer Nummer 23."

Wir gingen weiter. Es gefiel mir recht gut, nur Clor nervte mich sehr.

Als wir Zimmer Nummer 23 erreichten, hämmerte Clor gegen die Türe und brüllte: „Meriane!!! Mach auf!!"

Wir vernahmen ein lautes Seufzen. „Warum?!", rief eine Mädchenstimme zurück.

„Weil du eine Aufgabe zu erledigen hast!!"

Wir nahmen leise Schritte wahr, und ein blondes Mädchen öffnete uns die Türe.

Ihre Haare waren leicht gewellt. Sie hatte sie zu zwei Schwänzen gebunden. Ihre Augen glänzten braungolden, und ihre Haut war auffällig hell. Sie trug ein blaues Top mit schwarzen Jeans.

„Was muss ich tun?", fragte sie Clor angespannt.

„Das ist Anny, Anny Brev. Sie hat heute erfahren, dass sie halbseelig ist. Kannst du herausfinden, welches Symbol sie hat und wo es an ihrem Körper ist? Und ihre Kraft findest du bitte auch noch raus. Oke?" Clor schmunzelte dabei.

„Schöne Augen", sagte sie.

„Danke, du auch", entgegnete ich.

Das Mädchen lächelte.

„Vielen Dank, Meriane!", sprach Clor dazwischen und rannte davon.

„Ich habe noch nicht gesagt, dass ich sie untersuche!!", rief ihm das Mädchen nach. Sie stemmte ihre Hände in die Hüften und richtete ihren Blick danach auf mich. „Egal, ich würde dich so oder so untersuchen. Mein Name ist Meriane Nashex." Sie reichte mir die Hand, und ich ihr meine.

„Anny Brev."

„Schön, dich kennenzulernen, Anny. Komm rein." Sie öffnete die Türe ganz, und ich trat ein.

Da war ein kleiner Flur, und ein paar Kleiderhaken hingen mit drei Jacken an der Wand. Auf einem Schuhregal waren drei Schuhpaare gestapelt. Gleich gegenüber befand sich ein modernes Badezimmer. Ich sah viele Schminkutensilien. Am Flurende war das Schlafzimmer.

Auf dem grauen Bett lag eine auffällige Decke, die mit einem grossen ‚N' versehen war, ein ‚#' war über dem ‚N' zu erkennen. Das genau gleiche Zeichen entdeckte ich auf ihrer Handoberfläche und auf dem grünen Armband, das sie trug. Über ihrem Bett hing ein grosser Bogen, daneben zwei verschiedene Pfeile. Auf dem Nachttischchen standen ein Wecker und eine Tischlampe. Ich sichtete einen langen Tisch mit einem Flachbildfernseher darauf. Neben dem Fernseher stand ein Computer, umgeben von Notizheften und einem Mikroskop. An der Wand hing ein grosses Plakat.

„Sind das die Kräfte aller Halbseeligen?"

Meriane nickte. Unter den Kräftenamen standen Zahlen.

„Und was bedeuten diese Zahlen?", fragte ich und zeigte auf die Zahl unter der Kraft Wasser, die 63.

„63 Halbseelige haben die Kraft Wasser."

„Das sind viele", staunte ich.

Meriane schüttelte den Kopf. „Nein, das sind wenige. Wasser ist eine seltene Kraft. Schau dir mal die Zahl unter Luft an."

Ich blickte hin und erschrak. „207! Oh mein Gott! Hast du eigentlich auch Luftkräfte wie dein Zwillingsbruder Clor?"

Empört sah mich Meriane an. „Auf keinen Fall!! Meine Kraft ist Erde und wird es auch für immer bleiben. Ich will sicher nicht dieselbe Kraft wie mein Bro haben!! NENEE!!"

Da entdeckte ich die Kraft Feuer und fuhr zusammen.

„Ähm, Meriane, warum hat die Kraft Feuer nur eine 1?"

Meriane stellte sich neben mich hin. „Weisst du, nur ein Halbseeliger oder eine Halbseelige hat diese Kraft. Feuer ist eine Kraft, die man nicht gut beherrschen kann. Nur eine einzige Person beherrscht sie. Diese Person wurde vor 14 Jahren geboren, und man sagt, dass sie sich noch nicht hier im Half Soul Land befindet", erklärte sie.

„Also gibt es nur eine Person, die die Kraft Feuer besitzt?"

„Ja, Anny! So jetzt aber zum Test! Wir müssen dein Symbol auf dem Körper suchen und deine Kraft herausfinden. Dazu muss ich eine Flüssigkeit in deinen Körper fliessen lassen, sodass das Symbol herauswachsen kann."

Ich war ziemlich verblüfft und wurde stets nervöser.

„Zieh bitte dein T-Shirt aus."

„So, dass du mein Top siehst?"

„Ja."

Ich schaute mich zögernd um und zog es aus.

„Setz dich hierhin." Sie deutete auf einen Stuhl.

„Bist du Ärztin?", fragte ich.

Meriane wühlte in einer Kiste. „Nee. Ich bin eine Symbol- und Kräftefinderin. Ich finde heraus, welches Symbol du auf dem Körper trägst und welche Kraft du besitzt. Das können nicht viele, nur die Halbseeligen, die den Abschluss in der Symbol- und Kräftefinder-Schule gemacht haben.

Und ich habe das geschafft. Ich weiss, das klingt ein wenig streberisch, aber ich bin nun mal sehr intelligent."

Sie schmunzelte stolz und nahm eine Dose zur Hand. Langsam kam sie auf mich zu und klaubte daraus eine gewellte, dünne und etwa vier Zentimeter lange Nadel. Es lagen noch mehr von diesen Nadeln darin. Meriane holte einen Stuhl und stellte ihn vor mich hin. An der Nadel hatte es zwei kleine Knöpfe. Einer war grün, der andere rot und blinkte. Die Dose legte sie auf ihr Bett und hielt meinen Arm. Fein stach sie die Nadel in meine Schulter, und bereits hatte sie die nächste Nadel in ihrer Hand. „Tut es weh?", erkundigte sie sich.

Ich schüttelte den Kopf.

„Soll es auch nicht." Sie steckte je 15 Nadeln in meinen rechten und linken Arm. Ich drehte ihr meinen Rücken zu, und sie steckte fünf weitere Nadeln in meinen Nacken, dann 20 zusätzliche in den Rücken. Danach war mein Gesicht an der Reihe. Sie steckte je zwei Nadeln in meine Wangen, eine in meine Stirn, eine in meine Nase und eine weitere in mein Kinn, danach fünf in meinen Hals und 20 in meinen Bauch. Zum Schluss widmete sie sich meinen Beinen, in die sie ebenfalls je 20 Nadeln steckte. Alle roten Knöpfchen blinkten.

Meriane hielt eine Art Fernbedienung mit zwei Knöpfen in ihrer Hand. Einer der Knöpfe war grün, der andere rot, und dieser leuchtete. „Schmerzen, Anny?"

„Nein, aber es fühlt sich merkwürdig an. Ist etwas in den Nadeln drin?"

„Ja, diese Flüssigkeit, die ich jetzt in deinen Körper fliessen lasse. Es schmerzt für einen kurzen Moment."

Aufgeregt sah ich sie an. Meriane drückte auf den grünen Knopf. Die Knöpfchen auf den Nadeln begannen grün zu blinken. Mein Körper schmerzte. Ich biss mir auf die Lippe und riss mich zusammen. Irgendwann liess der harte Schmerz nach. Ich war sehr erleichtert.

Meriane legte die Bedienung beiseite und begann, mir alle Nadeln aus der Haut zu ziehen. „So, hier ist dein Symbol", sprach sie verblüfft, als sie bei meinem Nacken angelangt war.

„Wo?"

„Auf deinem Nacken."

Ich stand auf, lief ins Badezimmer, drehte mich um und erkannte im Spiegel mein Symbol auf dem Nacken. Es war ungefähr gleich gross wie die Zeichen der anderen. Auffällig bei meinem Symbol war ein grosses ‚B'. Durch die ‚B'-Mitte gingen ein ‚!' und ein ‚='. Das Zeichen war schwarz wie alle anderen auch.

„Wow, das sieht cool aus!", freute ich mich.

„Und jetzt zu deiner Kraft." Meriane packte mich sanft am Handgelenk und zog mich zurück zum Stuhl. „So, Anny, nun brauche ich ein wenig Blut von dir."

Sie hielt eine Spritze in der Hand, was mir ein mulmiges Gefühl bereitete.

„Und sag mir, wenn es wehtut."

Tief atmete ich durch. Da stach sie die Spritze in meine Schulter.

„Es schmerzt!!", seufzte ich laut.

Meriane zuckte nur mit den Schultern. „Bei einigen tut es wirklich weh, und andere spüren nicht viel." Sie zog die Spritze, in der sich wenig Blut gesammelt hatte, wieder raus. Ich rieb mir die Schulter. Sie reichte mir ein Pflaster, und ich klebte es auf den Einstich. Meriane ging wortlos zu ihrem Computer und tippte etwas ein. Danach nahm sie das Mikroskop zu sich. Sie untersuchte damit mein Blut und gab danach wieder etwas in den Computer ein. „Und das ist deine Kraft!" Sie tippte auf Enter, verschränkte die Arme, lehnte sich im Stuhl zurück und lächelte. Doch plötzlich verschwand ihr Lächeln, und sie blickte ernst auf den Bildschirm. Ihre Hände schnellten aufs Pult.

„Was ist los, Meriane?" Ich war besorgt.

„Oh mein Gott!", sagte sie angsterfüllt und stand hastig auf. „OH MEIN GOTT!!", rief sie immer wieder.

Ich erhob mich ebenfalls. „Meriane, was?!"

Nervös lief sie hin und her. Ich packte sie an ihren Schultern, rüttelte sie und liess sie nicht los. „Was hast du?!"

„Oh mein Gott!", lärmte sie erneut sorgenvoll.
Nichts begreifend schüttelte ich den Kopf.
„Sag es, Meriane, jetzt!"
Sie blickte auf das Plakat und schaute danach
mich an. „Anny!"
„Was?"
„Du hast Feuerkräfte!"

6. Mein erster richtiger Kampf

„ICH?! Nein, da täuschst du dich bestimmt!" Ich liess sie los.
„Doch, sieh selber hin!!"
Ich schritt zum Computer und starrte auf den Bildschirm. Dort stand:

Anny Brev
Kraft: Feuer

Symbol:

Ich war fassungslos. „Oh mein Gott, aber warum ich?" Ich betrachtete meine Hände und blickte danach zu Meriane.
„Ich weiss es nicht, aber das müssen unbedingt Clor, Clavia, Jay und Esabel erfahren." Sie nahm mich an der Hand.
„WARTE, Meriane!! Ich muss mein T-Shirt noch überziehen."
Sie begriff, und ich schnappte nach meinem Shirt.

Es klopfte an der Tür. Meriane lief aufgeregt hin. Ich konnte noch immer nicht fassen, dass ausgerechnet ICH Feuerkräfte haben sollte und fixierte das Plakat erneut.

„Ich bin die Eins. Ach du meine Güte!", murmelte ich, zog mein T-Shirt an, und kurz darauf vernahm ich die Stimmen von Esabel, Clavia, Jay und Clor.

„Und? Wo ist Anny?", fragte Esabel.

Sie standen vor der Tür.

„Leute, ihr müsst das unbedingt lesen!", entgegnete Meriane und scheuchte alle rein. Sie blickten mich verdutzt an. Ich schmunzelte schief. Meriane zeigte auf den Bildschirm. Die vier lasen alles durch und glotzten mich danach stumm an.

„Anny, weisst du, wie aussergewöhnlich du bist?" Ich nickte verlegen.

Esabels Mund stand weit offen.

„Ist ja krass, du hast Feuerkräfte!", sprach Clor mit weit geöffneten, grossen Augen.

Wortlos beguckten sie mich noch immer. Verlegen kratzte ich mich am Hinterkopf.

„Du musst unbedingt mit dem Training beginnen", sagte Jay mit Überzeugung. Alle stimmten ihm zu.

„Und wie stellst du dir das vor? Ich bin erst seit heute hier."

Jay und die anderen überlegten, bis Esabel das Wort ergriff: „Oke, morgen beginnt dein erstes Training. Wir trainieren dich, und heute darfst du dein Zimmer einrichten."

Ich war einverstanden.

„Ich würde sagen, dass Esabel, Jay und ich dir morgen Kampfsport beibringen und Meriane und Clavia das Bändigen, oke?"

Niemand hatte etwas gegen Clors Vorschlag einzuwenden.

Clavia und Esabel packten mich am Arm. „Du gehst nun zu unserer Chefin und fragst sie nach einem Zimmer."

„Und sagst ihr, dass du Anny Brev bist, die Feuerkräfte hat", sagte Esabel aufgeregt. Sie zogen mich aus dem Zimmer die Treppe runter.

Als wir zuunterst angekommen waren, erblickte ich eine grosse, schlanke und kräftige Frau. Ihre Haare waren dunkelblau, ihre Augen weissblau und ihre Haut schneeweiss. Sie trug eine dunkelgraue Jacke mit einer Kapuze aus hellgrauem Hasenfell. Die schwarzen Sneakers passten gut zu ihren Bluejeans. In ihrer Hand hielt sie ein Messer. Sie redete mit einem etwa 18-jährigen Jungen.

„Das ist die Chefin des Half Soul Houses. Sie heisst Leva-Ykira, Leva-Ykira Tallwood. Alle, die hier wohnen, nennen sie L.Y. Du darfst sie auch so nennen, Anny. Aber du musst sie siezen", sprach Clavia.

„Guten Tag L.Y.", grüsste Esabel freundlich.

Die Frau drehte sich zu uns. „Ach Esabel und Clavia ... Ich habe euch eine Ewigkeit nicht mehr gesehen", entgegnete sie. Ihr Symbol konnte ich auf Anhieb nicht entdecken. „Wer ist das?", fragte sie.

„Das ist Anny Brev", antwortete Esabel.

„Die Feuerbändigerin", ergänzte Clavia.

Ich musste schmunzeln.

„Feuer?!", rief L.Y. laut, und alle, die sich in der Hauptetage befanden, gafften uns an.

Nervös schaute ich mich um. „Könnten Sie bitte ein wenig leiser sprechen?", flüsterte ich L.Y. zu.

„Oh mein Gott, ich kann es nicht fassen." L.Y. presste ihre Hände auf den Mund.

„Dürfte Anny ein eigenes Zimmer haben und ab heute hier wohnen?", fragte Clavia.

L.Y. war sofort einverstanden. Sie ging umgehend zur Rezeption. „Hey, ist Zimmer Nummer 57 noch frei?"

Die Dame an der Rezeption nahm ihren Zimmer-kontroller hervor und bejahte.

„Gut, dann darfst du ab heute in Zimmer Nummer 57 wohnen. Clavia und Esabel zeigen es dir."

Ich bedankte mich, wandte aber ein: „Ich brauche doch noch meine Kleider."

„Du hast bereits Kleider. Alles liegt in deinem Zimmer bereit." Clavia reichte mir den Schlüssel.

„Anny, geh vor. Clavia und ich müssen noch etwas erledigen. Tür Nummer 57 ist im dritten Stock", sagte Esabel.

Ich ging zur Treppe und dachte über meine Kraft nach. Ich konnte immer noch nicht glauben, dass ICH als Einzige Feuerkräfte haben sollte. Ich war in der Mitte der dritten Etage angekommen und hatte Tür Nummer 57 gefunden. Der Schlüssel passte, und die Tür liess sich problemlos öffnen. Ein feiner Vanilleduft kam mir entgegen. Die Tür schloss ich hinter mir sofort ab.

Das Zimmer sah genau gleich aus wie dasjenige von Meriane, nur dass ihr Zimmer bewohnter war als meines. An den Wandhaken hingen drei Jacken: eine Jeans-, eine Regen- und eine Lederjacke. Auf dem Schuhgestell waren zwei Schuhpaare abgestellt: rote und graue Sneakers.

Das Badezimmer war gross mit einem gigantischen Spiegel und einem modernen Lavabo. Auf der langen Kommode lag hübsch sortiert verschiedenes Schminkzeug. Die Duschwand war aus Glas und der Boden aus weissem Stein, genauso wie die Wand. An der Wand hingen weisse Badetücher. Im Schlafzimmer stand ebenfalls eine lange Kommode mit einem Flachbildfernseher darauf. Auf meinem 140 Zentimeter breiten Bett lag eine kuschelige Bettdecke, versehen mit meinem Symbol.
Woher wusste L.Y., dass das mein Symbol ist? Ich habe mein Zeichen erst seit heute auf meinem Körper und gerade vor ein paar Minuten erfahren, dass ich von nun an in diesem Zimmer wohnen werde. Wie kommt denn mein Symbol so schnell auf meine Bettdecke, und erst noch im richtigen Zimmer?

Neben meinem Bett stand ein grosser Spiegelschrank, worin bereits Kleider, und diese sogar in meinem Style, hingen. Vor meinem Bett fand ich drei Kartonkisten vor. Ich kniete mich hin und öffnete eine nach der anderen.

In der ersten Kiste war ein hellbraunes Holznachttischchen.

Ich platzierte es neben meinem Bett und öffnete die Schublade. Ein Wecker und eine Tischlampe lagen darin, und ich stellte sie beide auf die Oberfläche. Sodann entdeckte ich ein Bild von meinem Dad und mir. *Wie kommt denn das hier rein?,* fragte ich mich und stellte es neben meinen Wecker. Den Karton faltete ich zusammen und legte ihn zur Seite.

Ich öffnete die zweite Kartonkiste und zog ein bronzenes Schwert mit braunem Griff heraus, der aus echtem Leder sein musste. Es war federleicht, scharf und sah gefährlich aus. Ein kleiner Zettel flatterte auf den Boden. Ich hob ihn auf ...

Von deiner Mom ☺

„Meine Mom lebt!!", haspelte ich mit zitteriger Stimme. „Sie weiss, dass ich hier bin ... Oh mein Gott!!" Das Zettelchen klebte ich über meinem Fernseher an die Wand.
Im dritten Karton stiess ich auf zehn dünne schwarze Haargummis sowie einen zweiten Zettel:

Achtung Anny, sie sind messerscharf. LG deine Mom

Ich legte alle zehn auf mein Nachttischchen und schob die leeren Kartons weg.

Interessiert blickte ich mich weiter um und sichtete meinen eigenen Balkon. Ein hübsches weisses Ledersofa zierte ihn. Einen wunderschönen Ausblick hatte ich auf einen winzigen See und einen kleinen Wald direkt neben dem Seelein.

Was war das? Ich vernahm ein eigenartiges Zischen aus meinem Zimmer, drehte mich blitzartig um und sah, wie ein Schatten unter meinem Bett verschwand. Langsam ging ich zurück in mein Zimmer und kniete gefasst und wachsam auf den Boden. Nervös schaute ich unters Bett ... und erschrak.

Ein Gebiss mit sehr vielen spitzen Zähnen knurrte mich an. Ich kreischte, und da lag – ohne dass ich den Hauch einer Chance gehabt hätte, mich zu wehren – auf mir ein Vieh. Sein Kopf ähnelte einem Stier mit hunderten spitzen Zähnen. Die Hörner waren zerbrochen und schienen uralt. Der Körper glich einer Spinne, und die Klauen wirkten sehr scharf. Das Vieh war bestimmt einen Meter gross. Aus seinem Mund sabberte es grünen Speichel, er tropfte auf mein Gesicht. *Iiiiigiiitt!!!* Mit einer Klaue traf es mich am Arm, wobei ich einen heftigen Schnitt abbekam. Er schmerzte höllisch.

Ich packte das Vieh an einem Horn, und es gelang mir, es von mir runterzuwerfen. Es klatschte gegen die Wand. Schnell stand ich auf, sprang über mein Bett, packte den Stuhl und schleuderte ihn gegen das Biest.

Das Vieh war auch schon wieder auf den Pfoten. Ich traf es am Kopf, und es knallte grob an meinen Schrank. Dieser wackelte zwar heftig, doch leider fiel er nicht um. Das Vieh fauchte und krabbelte auf mich zu. Besorgt blickte ich mich um und entdeckte zum Glück die Haargummis auf meinem Nachttischchen. Ich packte zwei und schleuderte sie dem Vieh entgegen. Ein Haargummi traf es am Auge, schwarzes Blut spritzte heraus. Den zweiten Haargummi fing das Vieh blöderweise auf. Es versuchte, wieder auf mich zu springen. Da stolperte ich. Es steckte den Haargummi in meine rechte Hand, woraufhin diese zu bluten begann. Vor Schmerzen biss ich mir auf die Lippe.

Das Vieh krabbelte davon und holte sich das Schwert, das ich von meiner Mom bekommen hatte. Ruckzuck stand ich auf, klaubte den Haargummi aus meiner Hand und schleuderte ihn an den Nacken des Biests. Es war ausser sich vor Wut. Ausser Atem dachte ich nach. *Was habe ich beim Kickboxen gelernt? Gib niemals auf!*

Die Bestie kam mit dem Schwert immer näher auf mich zu. *Ich bin Kickboxerin ... aber ich hatte noch nie einen Kampf mit einem Schwert und schon gar nie mit so einem Vieh.* Grüner Speichel tropfte dem Vieh aus dem Mund. Es schwang das Schwert in Richtung meines Kopfes. Ich duckte mich, machte eine fantastische Hechtrolle zum Biest, packte es an einer Klaue und warf es über meine Schulter. Mit einem gewaltigen Knall klatschte es auf den Boden.

Jay, Esabel und Clavia sassen unterdessen nichts-ahnend in Jays Zimmer.
„Hat Anny ihr Zimmer gefunden?", fragte Jay, und die beiden Mädchen zuckten mit den Schultern.
„Keine Ahnung, ich glaube schon."
„In welchem Zimmer ist sie denn?", wollte er weiter wissen.
„Zimmer Nummer 57, also gleich ob dir, Jay", antwortete Esabel.
Jay legte sich auf sein Bett, Esabel und Clavia setzten sich auf einen Stuhl, als sie einen lauten Knall vernahmen. Die Decke bewegte sich leicht.
„Oh mein Gott, ist das ein Erdbeben oder ein Hausbeben?", fragte Clavia erschrocken.
„Nein, das kam von oben", widersprach Jay und sprang unvermittelt aus seinem Bett. Sie schauten sich besorgt an. „Es kam aus dem Zimmer von ... ANNY!!", rief Jay in Sorge.

Clavia und Esabel eilten aus dem Zimmer, Jay hinterher. Im dritten Stock bei Tür Nummer 57 blieben sie ausser Puste stehen und wollten sie öffnen, doch sie war abgeschlossen. Sie hämmerten dagegen, doch nichts passierte …

Das Biest erholte sich schnell wieder. Ich hatte ihm inzwischen das Schwert aus der Hand gerissen und streckte es in seine Richtung.

Es schwang einen Arm gegen mich, doch ich wehrte ihn gekonnt mit dem Schwert ab. Ich kickte in seinen Bauch, es donnerte gegen die Tür.

Endlich ... Ich hörte die anderen rufen und poltern. Als ich die Tür öffnen wollte, stiess mich das Vieh zu Boden, und ich schlug mit dem Kopf gegen die Wand. Es stürzte sich auf mich, riss mir schlagartig das Schwert aus der Hand und schleuderte es gegen die Tür, worin es stecken blieb. Ich schwitzte und zitterte. Zwei Bestienpranken packten meine Hände, hielten sie fest und drückten sie an die Wand. Zwei weitere Biesthände umklammerten meine Beine. Ich wollte mich befreien, doch die kräftigen Krallen drangen immer tiefer in meine Haut. Ich biss mir erneut auf die Lippe. Das Biest fauchte mich gar nicht freundlich an und näherte sich meinem Kopf. Ich sank zu Boden und schloss meine Augen. Die Schmerzen wurden intensiver. Ich versuchte, tief durchzuatmen und nicht ohnmächtig zu werden.

Oke Anny, entweder du stirbst, oder du legst jetzt noch einen drauf ..., überlegte ich und entschied mich für die zweite Variante.

Plötzlich spürte ich keine Klauen mehr. Ich öffnete vorerst nur ein Auge und war fassungslos. Ein Arm des Viehs brannte. Kurz darauf fingen alle Bestienarme Feuer und zerfielen zu Asche. Ich blutete an beiden Händen und Füssen, das schmerzte sehr.

All meine Kräfte nahm ich zusammen, stand entschlossen auf, rannte zur Tür, riss mein Schwert heraus und schleuderte es aufs wütende Vieh. Ich traf es am Kopf, worauf es umkippte. Ausser Atem stupste ich mit meinem Fuss seinen Kopf an. Es atmete nicht mehr.

Die Tür knallte auf. Jay, Esabel und Clavia standen unruhig und besorgt hinter mir. Clavias Hand war grau und sah aus wie ein Steinklops. Sie schüttelte sie ein paarmal und kriegte wieder ihre normale Farbe zurück.
„Ich habe die Bestie gekillt", hauchte ich erleichtert und betrachtete meine Hände.
„Gott sei Dank, Anny, es geht dir gut!", schnaubte Esabel und umarmte mich.
„Nicht wirklich", meinte Clavia und deutete auf meine Wunden. „Die muss man unbedingt gut pflegen, damit sie schnell heilen können."
Sie taten mir auch höllisch weh.
Dann brach ich zusammen.

In Sorge knieten Esabel, Clavia und Jay zu mir runter.

„Ich kann mich nicht mehr bewegen", stotterte ich.

Esabel und Clavia sahen Jay hoffnungsvoll und flehend an.

„Gift ist in deinem Körper, Anny. Komm, ich trag dich", sprach Jay ruhig und hob mich auf.

Mein Körper war schwach und gar alles an mir schmerzte. Clavia rannte zur Tür und öffnete sie. Jay trug mich auf seinen kräftigen Armen raus. Mein Blut tropfte auf den Boden.

„Schande!", zischte Jay, und meine Augen wurden schwächer und schwerer. „Clavia, such sofort L.Y.!!", befahl er.

Esabel packte das tote Vieh und schleppte es hinter sich her. „Kann mir jemand helfen?"

„Benutz deine Kräfte, Esabel!!", brüllte Jay.

Esabel deutete mit ihrem Zeigefinger auf das Vieh, und kurzerhand verfolgte es sie schwebend in der Luft.

Meine Schmerzen wurden heftiger. Jay sorgte sich rührend um mich.

„Wo steckt L.Y.?", fragte er ungeduldig und lief angespannt mit mir auf den Armen die Treppe runter.

Inzwischen nahmen mich ein paar andere Jugendliche wahr und musterten mich seltsam, bis sie das Vieh erblickten, das tot hinter Esabel herschwebte.

Als wir in der untersten Etage angelangt waren, kam uns L.Y. entgegen. Ihr Blick war besorgt. „Sie hat gegen einen Vallex gekämpft, er hat sein Gift in ihren Körper fliessen lassen", sagte Jay mit banger Stimme.

Ich seufzte.

„Gib Anny mir und vertrau mir, Jay", meinte L.Y, als sie das Vieh hinter Esabel erspähte.

Jay zögerte nicht, und L.Y. trug mich auf ihren Armen davon.

„Was tun Sie mit ihr?", wollte Esabel wissen.

„Ich hole das Gift aus ihrem Körper."

Sie lief mit mir die Treppe runter. Ich schaute mich entkräftet um und stellte fest, dass wir uns in einem winzigen Raum mit Sofa und Sideboard befanden. Fackeln brannten, und ein kleines Bett stand in der Ecke, auf das sie mich schliesslich legte. Sie begab sich hastig zum Sideboard und wühlte in einer Kiste. Geschwächt nahm ich wahr, wie sie eine Spritze in der Hand hielt. „So Anny, du wirst jetzt ins Koma fallen und in ein paar Stunden wieder aufwachen."

Ich schloss meine Augen und verspürte einen Spritzeneinstich in meinem Arm. Kurz schrie ich auf, es tat höllisch weh. Zum Glück schlief ich danach ein.

7. Mein erstes Training

„Sie ist noch immer nicht wach", seufzte Esabel auf dem Sofa sitzend. Clavia sass hilflos neben ihr.
Jay lief besorgt hin und her. Ich bewegte mich ein klein wenig, aber die drei merkten es nicht.
„Was ist, wenn sie gar nicht mehr aufwacht?", fragte Clavia leise.

Esabel verpasste ihr einen Schlag auf den Arm.
Jay schlug die Hände über dem Kopf zusammen.
„Mann, Clavia!! Jetzt sorge ich mich noch mehr um sie!" Aufgebracht schaute Jay Clavia an.
Sie zögerte.
„Sie wacht bestimmt auf. Das ist ja nun erst zwei Tage her", versuchte Esabel zu beschwichtigen.
„L.Y. hat aber vor zwei Tagen gesagt, dass sie in ein paar STUNDEN aufwachen würde, und jetzt sind schon 48 Stunden vergangen", sprach Jay gereizt und trat mit dem Fuss gegen die Wand.
Esabel fuhr zusammen. „Leute, schaut, sie hat sich bewegt!"

Clavia und Esabel erhoben sich vom Sofa und begaben sich zu mir. Jay stand ebenfalls schon neben mir. Erleichtert starrten sie mich an. Ich nahm nur Dunkelheit wahr und fühlte mich wie tot, doch ich war es glücklicherweise nicht. Schwach konnte ich mich bewegen. Meine Augen versuchte ich zögernd zu öffnen. Ich hatte Schlitzaugen.

Licht schien in meine schmalen Glotzer, und meine
Schmerzen waren Gott sei Dank wie weggeblasen.
„Ich habe doch gesagt, dass sie bald aufwachen
wird!", jubelte Esabel und klatschte in die Hände.

Jay wirkte auch schon viel gelöster als vor ein paar
Minuten, Stunden ... „Wir dachten schon, du wür-
dest nie mehr aufwachen, Anny", sagte er erleich-
tert.
Freudestrahlend blickte ich ihn an.
„Kannst du noch reden?", fragte Clavia.
Ich nickte.
„Aber du bist so still."
„Ich bin müde", murmelte ich.
„Möchtest du noch länger schlafen?", erkundigte
sich Jay fürsorglich.
Ich schüttelte den Kopf. „Nein, ich will trainieren."
Alle fuhren zusammen.
„Fühlst du dich denn nicht zu schwach?", fragte
Esabel.
„Nein, im Gegenteil, ich fühle mich sogar sehr fit.
Schliesslich habe ich zwei Tage am Stück
geschlafen." Ich raffte mich auf und stand bereits
neben dem Bett.
„Mal ehrlich, fühlst du dich dazu nicht zu kraftlos?"
„Nö Jay. Meine Augen sind müde, der Rest nicht."

Ich öffnete die Türe und stellte fest, dass meine
Wunden weg waren. Baff blieb ich stehen und
guckte die anderen fragend an. „Wo sind sie, die
Wunden?"

Esabel klopfte mir auf die Schulter.

„L.Y. hat sie geheilt. Das Gift ist aus deinem Körper."

Uffff, war ich erleichtert.

„Und die Möbel in deinem Zimmer, die bei deinem Kampf gegen den Vallex kaputt gingen, hat L.Y. auch bereits ersetzt", ergänzte Clavia.

Ich lächelte und rannte beschwingt die Treppe hoch. Oben sichtete ich L.Y.

„Hey L.Y., vielen Dank, dass Sie mich geheilt haben."

Sie kam auf mich zu. „Buhhhh, du lebst!", frohlockte sie.

„Ja, dank Ihnen."

Sie wurde verlegen. Die anderen drei standen auch schon hinter mir.

„Weisst du was, Anny? Komm in mein Zimmer, du kannst eine meiner Rüstungen haben. Du willst doch trainieren, oder?", fragte Esabel.

„Ja, unbedingt!"

„Kriege ich auch eine?"

„Sicher, Clavia!" Dann wandte sich Esabel zu Jay.

„Dir kann ich leider keine geben."

„Ja, ich weiss."

Jay rannte eine weitere Treppe hoch, wir eilten ihm hinterher.

„Jay mag dich, Anny", bemerkte Clavia nebenbei.

„Echt?"

„Ja, er hat sich wahnsinnig um dich gesorgt.
Gestern zum Beispiel ging er nach dem Abend-
essen direkt zu dir und schaute, ob du wach bist",
fügte Esabel bei.
Ich schmunzelte.
„Und heute Morgen ist er seeehr früh aufgestan-
den, um nach dir zu sehen."

Ich strich mir verlegen eine Haarsträhne hinters
Ohr.
„Süss, Themawechsel ... Meine Mom hat mir ein
Schwert geschenkt. Darf ich es bitte kurz in mei-
nem Zimmer holen?"
„Es ist bereits in meinem Zimmer. Ich habe es bei
dir geholt und in mein Zimmer gebracht", meinte
Esabel.
Ich lächelte. „Frage: Kennt ihr meine Mom?"
Esabel und Clavia schüttelten den Kopf.
„Schade, ich habe sie noch nie gesehen", seufzte
ich.
„Du kannst Clor, Jay und Meriane nach ihr fragen.
Wenn sie sie auch nicht kennen, frag L.Y.", sagte
Clavia.
Esabel gab ihr recht.

Im vierten Stock angekommen, schlenderten wir
den Gang entlang. Esabel blieb vor Tür Nummer
89 stehen und öffnete sie dann. Drin sah alles
gleich aus wie in meinem Zimmer, nur das Zeichen
auf ihrer Bettdecke war ein anderes. An der Wand
hingen ein gewelltes Schwert, eine Peitsche und
eine Pistole.

„Das sind meine Waffen", meinte Esabel stolz und zeigte darauf. „Und zusätzlich habe ich noch ein Revolver und ein Messer".

Ich musste erneut lächeln. Auf ihrem langen Pult lag mein Schwert. Ich stürzte mich darauf und hielt es beschützend in meinen Händen.

Fasziniert strich ich mit meinen Fingern darüber. Esabel öffnete ihren Schrank.

Ich war sprachlos.

Sie besass je vier Bauch-, Rücken-, Brust- und Schulterpanzer. Alle waren aus Bronze und purem Silber. Ebenso zeigte sie uns Hand-, Ellbogen- und Knieschoner, die ebenfalls aus Bronze und Silber waren. Esabel holte für Clavia und mich die Rüstungen raus. Ich zog sie mir gleich an, so auch Clavia und Esabel. Im Spiegel musterte ich mich genau.

„Sieht stylisch aus", meinte ich zufrieden.

In der Rüstung fühlte ich mich irgendwie viel stärker. Mein Schwert hielt ich noch immer fest und dachte, ich wäre eine Profikämpferin.

„Was ist eigentlich mit diesem Vieh passiert?"

„Wir haben es entsorgt", antwortete mir Clavia kurz.

Mehr wollte ich nicht wissen.

Meriane, Clor und Jay klopften an die Tür. Die drei trugen ebenfalls Rüstungen, Meriane die gleiche wie wir anderen Mädchen, und die zwei Jungs steckten in Jungs-Rüstungen. Meriane hielt einen grossen Holzbogen und fünf Pfeile in den Händen, Clor eine beachtliche silberne Lanze und Jay ein bronzenes Schwert. Esabel nahm ihr Schwert von der Wand.

„Darf ich mir deine Peitsche ausleihen?", fragte Clavia.

Esabel war einverstanden und reichte sie ihr. Jay und Clor stierten mich an. Als ich vor ihnen stand, wurde Clors Blick ernst.

„Hallo Fasttote", sagte er finster und lächelte böse.

Ich knurrte und verpasste ihm eine sachte Ohrfeige. Jay musste sich das Lachen verkneifen. Clors Wange war fein gerötet.

„Halt deinen dummen Mund und sei einfach froh, dass ich einen Soulkiller getötet habe und noch am Leben bin!!", zischte ich.

Clor rieb sich die Wange. Zu sechst begaben wir uns nach unten. Ich war ganz schön aufgeregt und wusste nicht, was ich neu lernen würde. Wir verliessen das Haus und spazierten zu einer grossen Wiese.

„Nun Anny, was willst du als Erstes lernen? Kämpfen oder bändigen?", fragte mich Meriane. Ich überlegte. „Kämpfen."

„Anny ... Wir haben miteinander geredet und sind gleicher Meinung. Wir bringen dir alle zusammen das Kämpfen und Bändigen bei. So ist es am einfachsten", sprach Esabel.

Für mich stimmte das. Ich warf mein Schwert in die Luft und fing es gleich wieder auf.
„Und das Beste wäre, wenn du für den Anfang diesen Helm tragen würdest", sagte Jay.
Clor reichte ihn mir. Unsanft riss ich ihn aus seiner Hand und zog ihn mir über.
„Zuerst werden wir schauen, wie gut du schon im Schwertkampf bist", meinte Clavia. „Und darum kämpfst du jetzt gegen Meriane."
„Im Ernst?", fragte ich erstaunt.
„Kleine, ich bin nicht gut im Schwertkampf", versuchte mich Meriane zu beruhigen, und Jay gab ihr sein Schwert.
„Ich auch nicht!", erwiderte ich.
Meriane lächelte.
„Egal, los, kämpft, bis jemand von euch beiden das Schwert nicht mehr in der Hand hält!!", forderte uns Jay auf.
Alle anderen standen um uns herum.

Meriane rannte auf mich los. Sie schwang das Schwert gegen meine Hüfte. Ich wich ihm reflexartig aus.

Da ich früher im Geräteturnen und in der Gymnastik war, konnte ich mich extrem gut bewegen.

Die Selbstverteidigung und das Kickboxen nützten mir natürlich ebenso viel.

Während ich dem Schwert gewandt auswich, machte ich einen kleinen Flickflack nach hinten und landete direkt auf den Füssen. Verblüfft schauten mich alle an, und Merianes Mund stand weit offen. Ich ging auf sie zu und schlug mit meinem Ellbogen in ihren Bauch. Sie fuhr zusammen und versuchte, ihr Schwert in meinen Bauch zu rammen, doch ich wehrte es mit meinem Schwert meisterhaft ab. Ich drückte mein Schwert gegen ihres. Meriane packte mich mit der anderen Hand am Handgelenk. Reaktionsschnell griff ich nach ihrem Handgelenk, drehte es um, riss ihr das Schwert aus der Hand und warf es weg. Esabel fing es geschickt auf.
„Boah, Anny, wie gut du bist!", bemerkte Clavia, und Meriane klopfte mir beeindruckt auf die Schulter.

„Ich wusste eigentlich gar nicht, dass ich so gut bin", sagte ich überwältigt.
„Du hast Half Soul-Blut", meinte Esabel.
„Ich glaube, den brauchst du nicht, Anny."Jay nahm mir den Helm vom Kopf. „Du bist genial! Erzähl bitte … wieso bist du derart gut?"
„Mit vier Jahren fing ich mit Kickboxen an. Als ich fünf Jahre alt war, begann ich mit Selbstverteidigung und mit sechs Jahren mit Gymnastik und Geräteturnen.

Vor ein paar Monaten habe ich jedoch mit Geräteturnen und Gymnastik aufgehört, weil alles zu viel
kostete. Und früher kämpfte ich oft mit einem
Plastikschwert gegen meinen Vater. Das war
lustig."

8. Der Schock

Es vergingen ein paar Tage, und täglich trainierte ich Kampfsport und lernte, mit meinen Kräften umzugehen. Inzwischen war ich noch besser geworden. Esabel und Clavia sagten mir, dass ich sehr schnell lernen würde. Was ich cool fand, war, dass ich meine Kräfte nutzen konnte, wann immer ich wollte. Ich lernte auch Lanzenwerfen, Bogen- und Pistolenschiessen sowie den Umgang mit Peitschen, Schwertern und Messern. Ich fand das alles toll und fühlte mich sehr wohl dabei. Die meiste Zeit hing ich mit Esabel und Clavia ab. Jay und Clor waren oft mit ihrer Jungs-Gang zusammen. Inzwischen fand ich Jay nicht mehr so klasse. Er fühlte sich auffällig gut und wurde schnell aggressiv, genauso wie Clor.

Am vierten Tag im Half Soul House erwachte ich um sieben Uhr, stand sofort auf und holte aus meinem Kleiderschrank Bluejeans, ein weisses T-Shirt und das Jeansgilet. Ich ging damit ins Badezimmer, um zu duschen. Als ich fertig war und mich halb angezogen hatte, bemerkte ich, dass ich meinen Kamm vergessen hatte und wollte ihn holen gehen. Da öffnete sich plötzlich meine Zimmertür. Ich erschrak und liess einen lauten Schrei los.
„Wow, ich bin es nur …", wollte mich Jay beruhigen.

Schon packte ich das erstbeste Schuhpaar vom Gestell und warf es in seine Richtung. Die Türe knallte dabei zu.

„SPINNST DU!!!", brüllten Jay und ich gleichzeitig. „ICH BIN HALBNACKT!!! HAST DU SCHON EIN-MAL ETWAS VON ANKLOPFEN GEHÖRT??!!", rief ich stinksauer.

Jay knurrte hinter der Tür. „Sorry, ich wusste ja nicht, dass du halbnackt bist!", zischte er.

Ich öffnete die Türe einen kleinen Spalt und späte hinaus. „Was willst du hier?"

Jays Nase war leicht rot, und er kratzte sich am Hinterkopf. „L.Y. will mit dir reden. Es sei wichtig."

Ich verdrehte die Augen. „Warte!", befahl ich, schloss die Tür hinter mir ab und zog mich fertig an. Meine Haare liess ich offen und verliess danach mein Zimmer.

Jay trug schwarze Jeans, ein graues T-Shirt mit einem Gangstersmiley und graue Sneakers, ich hingegen orange Sneakers.

Wir gingen gemeinsam zur Treppe.

„Und was ist denn so wichtig?"

Jay verschränkte seine Arme. „Woher soll ich das wissen?"

„Hmmm, sie hat dir den Auftrag gegeben, mich zu holen, da dachte ich, du würdest es …", sagte ich genervt und blickte ihn dabei zornig an.

Er legte seine Hand auf meinen Mund und unterbrach mich. „L.Y. hat mir nur gesagt, ich soll dich
holen, weil es wichtig ist, FERTIG!!"

Ich schmollte und schlug seine Hand weg. Wir
redeten lange nichts miteinander.
„Jay, tut mir leid wegen vorhin." Mit meinem treuen
Hundeblick guckte ich ihn dabei an.
„Schon gut, Anny, du hast ja eigentlich recht. Ich
hätte anklopfen sollen."
„Wie geht's deiner Nase?"
Jay fasste kurz nach ihr, sie war noch immer fein
gerötet. „Besser, danke."

Bald erreichten wir die Hauptetage. L.Y. stand
wartend neben der Türe und packte mich am Arm.
Sie zog mich zusammen mit Jay in ihr Büro und
schubste uns sachte aufs Sofa. Mit dem hellen
Holzboden und der weissen Betonwand sah es im
Raum wirklich gemütlich aus. L.Y. wirkte nervös,
sie schwitzte.
„L.Y., was ist los?", fragte ich.
Sie setzte sich auf ihren Stuhl. Ihre Hände
zitterten. Unruhig schaute sie mich an. „Etwas
Schlimmes."
Jay und ich fuhren zusammen. „Was denn? Hat es
etwas mit dem bösen Half Soul Land zu tun oder
...?"
L.Y. unterbrach Jay. „Nein, mit dem hat es nichts
zu tun."

„Böses Half Soul Land? Was ist das?", fragte ich und schaute L.Y. unsicher an.
„Die guten Halbseeligen, also wir, leben im Half Soul Land. Dann gibt es noch die bösen Halb-seeligen, und diese leben im bösen Half Soul Land. Dieses befindet sich in der Nähe von New York City, und das gute Half Soul Land liegt in der Nähe von New Jersey", erklärte Jay.

Ich versuchte zu begreifen und wandte meinen Blick zu L.Y.
„Was ist denn jetzt so schlimm?"
„Anny, es geht um dich", sprach eine nervöse L.Y. Ich erschrak. „Um mich?"
„Ja, um deine halbe Seele, die aus deinem Körper gewichen ist. Sie befindet sich nicht im Jenseits."

Ich erstarrte und wurde kreideweiss. Mit zusam-mengekniffenen Augen schaute ich sie an.

„Weisst du, Anny, eine Hälfte einer Seele ist gut und die andere schlecht. Das ist normal bei Seelen. Auch bei den normalen Menschen ist das so. 50% der Seelen sind gut und die anderen 50% schlecht. Du kannst dir das vielleicht so besser vorstellen: Bei uns Halbseeligen ist eine halbe Seele im Körper gefangen, bei den normalen Menschen nicht. Bei den guten Halbseeligen wird die böse halbe Seele eingesperrt, und bei den schlechten Halbseeligen ist die gute halbe Seele gefangen.

Doch du weisst, dass irgendwann die eingesperrte Seele ausbricht und aus dem Körper flieht. Diese Hälfte der Seele flüchtet dann ins Jenseits, weil sie dort besser aufgehoben ist. Bei uns guten Halbseeligen geht die böse Hälfte der Seele aus dem Körper und flieht ins Jenseits. Bei den bösen Halbseeligen ist es im Prinzip dasselbe, nur dass bei ihnen die gute halbe Seele ins Jenseits weicht."

„Und wo ist denn Annys böse halbe Seele?", wollte Jay wissen.

L.Y. zuckte mit den Schultern. „Das weiss man nicht. Aber ich habe einen Beweis, dass deine böse halbe Seele, Anny, sich nicht im Jenseits befindet."

Sie nahm ein Tablet hervor und schaltete den Beamer ein. Ein Bild mit verpixelten Personen erschien. Irgendwie sahen sie aus wie Geister. Es waren extrem viele, und sie wirkten unheimlich auf mich. L.Y. erhob sich und erklärte: „Diese Personen, die ihr seht, das sind unsere bösen Halbseelen, die aus ihren Körpern geflüchtet sind. Es gibt 5392 Halbseelige, und bis heute sind 3862 böse Halbseelen aus den Körpern der guten Halbseeligen geflüchtet. Die letzte böse halbe Seele, die aus einer guten Halbseeligen rausging, war deine, Anny."

Jay sah mich besorgt an. Ich zitterte.

L.Y. wies auf die Punktzahl 3862 hin. „Und jetzt schaut euch diese Zahl an." L.Y. zeigte unter das Bild. Mir wurde kalt. Dort stand 3861 und nicht 3862. „3862 bedeutet, dass sich bei so vielen Halbseeligen ihre böse Hälfte nicht mehr im Körper befindet. Und die Zahl 3861 sagt aus, dass sich so viele böse Halbseelen im Jenseits befinden."

Jay blickte mich mit weit aufgerissenem Mund an.

Ich schüttelte immer wieder meinen Kopf. „Und wenn es eine andere halbe Seele ist?", fragte ich. L.Y. verneinte. „Ich habe zwei Listen gut studiert. Auf der ersten Liste steht, bei welchen guten Halbseeligen sich die böse halbe Seele nicht mehr im Körper aufhält. Auf der zweiten Liste ist vermerkt, von welchen guten Halbseeligen sich die böse halbe Seele im Jenseits befindet. Deinen Namen habe ich auf der ersten Liste gefunden. Deine böse halbe Seele hat deinen Körper verlassen. Jedoch habe ich deinen Namen nicht auf der zweiten Liste gefunden."

Ich war sprach- und fassungslos. L.Y. setzte sich wieder hin.
Jay begann sich wieder um mich zu sorgen. „Und was kann ihre böse Halbseele anrichten?", fragte er.

Nun lächelte L.Y. ein wenig, was mir irgendwie ungemein guttat.

„Eigentlich nichts. Sie ist unsichtbar und harmlos. Aber trotzdem … eine böse halbe Seele sollte sich im Jenseits befinden und das ist nun der Nachteil." L.Y. blickte mich dabei ernst, aber freundlich an. „Erzähl mir doch einmal, Anny, was du denkst, wo deine halbe Seele aus deinem Körper rausging und was alles so passierte."

Ich legte meine Hände auf den Tisch und begann zu erzählen: „Ich war auf einer Party. Es ging mir da nicht gut, und deshalb setzte ich mich auf ein freies Sofa. Plötzlich durchfuhren mich starke Zwicke. Es dauerte nicht lange, bis eine Stein-lampe wie aus dem Nichts auf mich fiel. Ich suchte das Badezimmer auf und wollte mich frisch machen. Dort gingen auch Gegenstände kaputt, und schon bald durchzuckte mich erneut ein schmerzhafter Zwick. Ich fiel hin, und eine unheimliche Gestalt stand neben mir …"
L.Y. unterbrach mich. „Eine Gestalt? Wie sah sie denn aus?"
Ich überlegte, und Jay schien auch sehr neugierig. „Sie schaute genau gleich aus wie ich, nur dass ihre Augenfarbe weiss war und sie böse und gefährlich aussah."

L.Y.'s Hautfarbe war inzwischen auffällig blass geworden. Fassungslos schüttelte sie den Kopf. „Nein, das kann nicht sein!", sagte sie empört. „Doch, es stimmt", entgegnete ich.

„Aber eine Halbseelige kann ihre eigene böse halbe Seele nicht sehen. Das ist unmöglich!", meinte L.Y.

Nun ergriff Jay das Wort. „Moment mal ... Ich war auch auf dieser Party und habe Anny dort gesehen. Ich beobachtete, wie sie ins Badezimmer eilte. Plötzlich flitzte eine Gestalt an mir vorbei. Ich dachte, es sei Anny. Doch ein paar Minuten später verliess Anny das Badezimmer. Das verwirrte mich."

L.Y. wurde nervös, genauso wie ich.

„Wollen Sie uns damit sagen, dass Annys böse halbe Seele lebt?!", fragte Jay aufdringlich.

L.Y. nickte schwach. Ich war am Boden zerstört.

„Das könnte schlimm enden. Eine böse halbe Seele ist sozusagen unschlagbar. Und sie ist erst noch deine böse halbe Seele, Anny. Du hast Feuerkräfte. So hat deine böse halbe Seele dunkles Feuer als Kraft!", erläuterte L.Y.

Mein Gesicht war schneeweiss.

„Deine böse halbe Seele darf auf keinen Fall ins Jenseits gelangen!!", sprach L.Y. laut.

„Warum nicht?", fragte ich.

„Weil eine böse halbe Seele die anderen bösen halben Seelen auch lebendig machen kann! Und wenn deine böse halbe Seele ins Jenseits eindringt und alle anderen bösen halben Seelen lebendig macht, dann ist die Welt nicht mehr zu retten!"

Jay und ich zitterten am ganzen Körper. Meine Beine waren weich wie Butter.

„Seit die Welt existiert, ist dieses wirklich grosse Problem noch nie aufgetaucht. Deshalb musste man sich darüber nie sorgen. DOCH JETZT sieht alles anders aus!!!" L.Y. wurde beinahe wahnsinnig. „Ich muss die Wächterinnen des Jenseits warnen."

„Wer ist das?", wollte ich von L.Y. wissen.

„Es gibt zwei halbseelige Wächterinnen. Das sind Wächterinnen des Jenseits. Sie schauen, dass dort nichts passiert. Doch leider habe ich keinen Kontakt zu ihnen. Wie soll ich denn die beiden nur warnen?!" Verzweifelt blickte sie uns an.

Jay hatte DIE passende Idee. „Anny und ich könnten doch zusammen ins Jenseits gehen und es ihnen berichten."

L.Y. fand das zu meinem Erstaunen eine gute Idee. „Aber ich will, dass ihr zu fünft hingeht, nicht nur zu zweit."

Wir waren mit ihrem Vorschlag einverstanden. „Eine Person darf Anny aussuchen und die andere du, Jay. Die letzte Person müsst ihr zu zweit bestimmen. Ich möchte gerne zwei Mädchen und zwei Jungs in der Gruppe haben. Die letzte Person ist mir egal. Es darf ein Mädchen oder ein Junge sein. Verstanden?!"

Wir beide nickten und standen auf.

„Wenn ihr eure Gruppe beisammen habt, kommt ihr mit den anderen drei wieder zu mir!"

Und schon rannten wir aus dem Büro in mein Zimmer. Ich konnte das Ganze noch immer nicht fassen. „Warum ausgerechnet ich?!", fragte ich mich immer wieder und trat mit dem Fuss gegen die Wand. „Wieso ist meine böse halbe Seele am Leben?! Wieso ausgerechnet MEINE?!"

Jay zuckte mit den Schultern, setzte sich auf mein Bett, und ich mich neben ihn. „Anny, wie auch immer, kommen wir zur Gruppe. Du darfst als Erste jemanden auswählen."

Ich dachte ziemlich lange nach, und Jay verhielt sich ruhig. „Ich entscheide mich für Esabel. Und du?"
Seine Antwort liess nicht lange auf sich warten: „Clor."
„NEIN!!!", rutschte es aus mir. „Clor hasst mich!!", schnaubte ich genervt und legte mich hin.
Jay konnte sich ein leichtes Schmunzeln nicht verkneifen. „Tja, Pech, und jetzt noch die letzte Person."
Ich richtete mich auf. „Jay, sag du, wer. Ich kenne sie zu wenig gut."
Jay zog eine Augenbraue hoch. „Oke, dann Leron."
Mit einem kritischen Blick schaute ich ihn an. „Wer ist das?"

„Ein sehr guter Freund aus meiner Gang. Clor und Leron sind zusammen mit Ario meine besten Freunde. Du lernst ihn also bald kennen." Jay stand bereits. „Ich hole Clor und Leron, und du Anny holst bitte Esabel."

Zusammen verliessen wir mein Zimmer. Ich rannte in den vierten Stock und klopfte an Esabels Tür. „Ich komme!!"

Ungeschminkt und im pinken Bademantel stand sie vor mir. Ihre Haare hatte sie hübsch zu einem Dutt zusammengebunden. Sie wirkte sehr müde.

„Anny, um Himmels Willen! Was tust du um Viertel vor acht hier?" Sie hielt einen Lockenstab in der Hand, kaute auf einem Stück Brot herum, und schnell schluckte sie es runter.
„Ich habe ein grosses, sehr grosses Problem." Ich erzählte ihr alles.
Esabels Mund stand weit offen, gleichzeitig fiel ihr der Lockenstab aus der Hand. „Nicht dein Ernst, deine böse halbe Seele ... LEBT?!!", brüllte sie.
Dann schwieg sie für einen kurzen Moment.
„Einverstanden, Anny, ich mache mit. Wer ist nochmals dabei? Du, Jay und ..."
„Clor und dieser Leron."
„Warte hier, Anny. Ich zieh mich fertig an." Sie hob ihren Lockenstab auf und ging zurück in ihr Zimmer.

Nach zehn Minuten stand sie da in graublauen Dreivierteljeans, einem weissen T-Shirt, einem braunen Fellgilet und grauweissen Sneakers. Ihre Haare waren vom Dutt hübsch gelockt, ihre Wimpern schön getuscht und ihre Lippen hatte sie leicht angemalt, so wie ich.

Wir gingen zusammen in mein Zimmer.

Kaum waren wir da, klopfte es an der Tür.
Gestresst öffnete ich. Jay stand mit Clor vor mir.
Neben Clor stand ein etwa 14-jähriger schlanker, kräftig gebauter Junge, bestimmt einen halben Kopf grösser als ich, seine Haare dunkelbraun, die Haut hellbraun und seine Augen braunorange. Er sah süss aus. Ein blaues T-Shirt, gebleichte Jeans und schwarze Schuhe trug er, Clor ein rotes T-Shirt, blaue, kaputte Jeans und blauweisse Sneakers.
„Ist Esabel auch hier?", fragte Jay, und sie trat neben mir hervor.
„Sicher! Und du bist Leron?"
Der Junge nickte. „Jep, der bin ich. Ganz genau heisse ich Leron Su-Arg."
Esabel verkneifte sich ein Lächeln, doch ich war überhaupt nicht gut gelaunt.
„Wenn nun alle hier sind, dann gehen wir zu L.Y.", sagte ich angespannt.
Jay merkte, dass ich nicht in bester Laune war.
Esabel und ich standen zu unserer neuen Gruppe.

Ich schloss die Tür hinter mir ab und ballte meine Hand zu einer Faust. Ich war noch immer zornig, dass ausgerechnet meine böse halbe Seele am Leben war.

9. Ein Axtmann in meinem Zimmer

L.Y. erklärte uns alles nochmals und teilte uns mit, dass wir übermorgen aufbrechen sollten und gute Kleider anzuziehen hätten. Waffen mussten wir ebenfalls einpacken, aber nicht allzu viele.

Kaum war die Besprechung mit L.Y. zu Ende, erhielt ich eine Nachricht auf mein Handy. Es war eine Mitteilung von meinem besten Freund Levi:

Eyyy Anny, wo steckst du? Ich habe deinen Dad schon lange nicht mehr gesehen, seine Schwester Jelly und dich ebenfalls nicht. Antworte mir bitte und komm zurück!!!

Ich ignorierte die Nachricht, setzte mich aufs Sofa, und die anderen gingen weiter. Nur Jay blieb stehen und nahm neben mir Platz. Seine Anwesenheit schien mich zu beruhigen.
„Und? Machst du dir Sorgen?"
Ich zuckte kurz mit den Schultern. „Irgendwie schon. Jay, ich habe eine Frage: Welche Kraft hat Leron? Und wo hat er sein Symbol?"
Jay verschränkte seine Arme. „Leron hat wie sein Vater Blitz- und Donnerkräfte. Er ist natürlich ein Halbseeliger.

Lerons Symbol ist an der Hüfte, und es ähnelt einem grossen ‚S', das mit einem grossem ‚T' gekreuzt ist. In der Mitte steht ein ‚+'."

Ich spielte mit meinem Armband, als mein Handy klingelte.

„Hallo Dad, hier ist Anny."

Ich hörte ein schweres Atmen und vernahm gleichzeitig ein Kreischen von Jelly, Dads Schwester.

„ANNY, KOMM JA NICHT NACH HAUSE!!! BLEIB DORT, WO DU BIST! ICH FLEH DICH AN, KOMM NICHT NACH HAU...!!!"

„MUND HALTEN!!", schrie eine tiefe Männerstimme dazwischen. Dann verstummte Dad.

Ich war wie versteinert und brachte kein Wort über meine Lippen. Nervös klickte ich auf den Lautsprecher.

„ANNY!!!", hörte ich Dad erneut schreien und vernahm gleichzeitig einen lauten Knall. Meine Hände zitterten.

„Wenn du einen Schritt in dein Haus machst, Anny, bist du tot. Darauf kannst du wetten", drohte dieselbe tiefe Männerstimme. Dann legte der Mann auf.

Ich war wie eingefroren.

Jay hatte den letzten Teil des Anrufes mitbekommen. „Anny, das klingt gar nicht gut!"

Ich stand auf und schüttelte immer wieder meinen Kopf. Mein Handy drückte ich fest gegen meine Brust.

„Ich muss sofort zu meinem Dad. Er ist zu Hause in Gefahr!"

„Aber er hat doch gesagt …"

„Jay, ich muss!!!"

Jay war misstrauisch. „Anny, ich komme mit!"

Ich rannte in mein Zimmer, Jay folgte mir. Wie von Sinnen packte ich mein Schwert und meine Lederjacke, band meine Haare schludrig zusammen und holte aus dem Schrank zwei Messer. Eines warf ich Jay zu. Gekonnt fing er es auf und steckte es in seinen Gurt. Schnell verliessen wir mein Zimmer und eilten in Jays. Er schnappte sich seine Lederjacke und zog sie sofort an. Aus dem Schrank holte er scharfe Dolche, reichte mir einen Gurt und ein Etui für mein Schwert. So würde ich mich nicht daran schneiden. Sein Schrank war vollgestopft mit Waffen. Er reichte mir auch zwei.

„Ich glaube, das reicht, Jay."

„Wir haben ja noch unsere Kräfte. Du, Anny, hast Feuer und ich Erde ... Perfekt."

Miteinander rannten wir aus seinem Zimmer. Er trug sein grünes Armband und ich mein rotes, so sollte uns nichts Gefährliches passieren.

Wir verliessen das Half Soul House und rannten in Richtung Ende der Mauer. Jay riss das Tor auf, und wir rannten den Hügel herunter. Nach kurzer Zeit fanden wir diese kleine Hütte auf der grossen, grünen Wiese und eilten hinein.

Jay öffnete den Kleiderschrank. Ich kletterte als Erste rein, Jay kam hinterher. Als wir Licht erspähten, sprangen wir aus dem Schrank und befanden uns in diesem alten, verlassenen Haus. Kurz darauf verliessen wir es wieder und waren in New Jersey angelangt.
„Und wo ist jetzt dein Haus?"
Ich wusste sofort, wo. „Komm! Mir nach!"
Wir rannten und rannten, flitzten sogar an Levi vorbei. Gottlob erkannte er mich nicht. Am liebsten hätte ich ihn umarmt, doch mein Vater war mir wichtiger. Wir hasteten weiter, bis wir mein Haus erreichten.

Die Fenster waren eingebrochen, und verschiedene Möbelstücke lagen kaputt neben dem Haus. Angespannt liefen wir zur Tür, Jay drängelte sich vor mich hin. „Bleib hinter mir!"

Langsam öffnete er die Tür, und wir traten vorsichtig ein. Alles war im Eimer, und es herrschte ein riesiges Chaos. Glasscherben lagen verstreut auf dem Boden, die Wand war eingerissen. Der Boden sah derart schlimm aus, als hätte es eine Explosion unter der Erde gegeben. Alles war zerstört.

„Oh mein Gott, was ist denn hier passiert?" Ich war geschockt und klatschte mir die Hände auf den Mund. „Dad!! Jelly!! Wo seid ihr?"
Niemand gab Antwort. Ich zitterte am ganzen Körper.

Jay stierte die Wand an.
„Sag mir, was an einer kaputten Wand so spannend ist?! Hilf mir lieber suchen!"
Jay führte seine Hand über die Wand. „Glaub mir, diese Wand wurde nicht von Hand zerstört. Das ist unmöglich!"
„Wie denn?"
„Mit einer ..."

Aus heiterem Himmel fiel direkt neben mich eine Axt. Es war eine Bartaxt, so gross wie mein Oberkörper. Blut klebte an der Kante. Es schauderte mich.

Ich nahm Schritte hinter mir wahr. „Jay, ich habe höllische Angst."
Er holte seine Dolche aus seiner Lederjacke und hielt sie in beiden Händen fest. Nervös schaute er sich um.
Ich versuchte, mich hinter ihm zu verstecken.

Plötzlich erkannte ich wieder diese gefährliche, böse Männerstimme. „Jay, ich höre eine Stimme."

Er packte mich am Handgelenk und rannte mit mir hinter eine Tür. Jay sah unauffällig nach vorne, und wir hörten, wie jemand wie ein Hund in der Luft schnüffelte. Ich zitterte immer stärker. „Halbseelige!!", zischte die tiefe Männerstimme und schnupperte nochmals. „Ein Erdbändiger", sagte sie böse und roch zum letzten Mal. „Und eine Feuerbändigerin!"

Ich bekam kaum noch Luft. Die Wand schien bald in sich zusammenzubrechen.
Ich hätte schreien können.

Energisch packte mich jemand am Arm. Ich fuhr erneut zusammen. Jay reagierte blitzschnell und stach seine Dolche in diese unbekannte Hand. Als er sie wieder rauszog, brach die Wand komplett ein. Wir konnten gerade noch rechtzeitig wegspringen.

Ein Mann mit pechschwarzen Augen und hüftlangen dunklen Haaren stand dahinter. Er schien doppelt so gross wie Jay. Er wirkte sehr ungepflegt, trug einen schwarzen Mantel und war auffällig dünn. Man sah jeden Knochen in seinem Gesicht. An seiner Unterlippe hatte er einen grossen Schnitt. Seine Bartaxt hielt er mit kräftigem Griff fest.
„Ein Sharkel, Anny!"
„Ist das ein böser Halbseeliger?"

„Ja, aber sie haben keine speziellen Kräfte.
Deshalb werden sie Sharkel genannt. Sie gelten
auch als Dämonen."

Der Sharkel versuchte, auf mich loszustürmen. Er
schwang seine Axt gegen mich, doch ich wich
clever aus.
„Anny, bring dich in Sicherheit!!", schrie Jay und
sprang auf den Rücken des Sharkels.
„Aber ich will helfen!!"
„Du trainierst erst seit vier Tagen und ich seit über
zehn Jahren", brüllte Jay und schnitt dem Sharkel
in den Rücken.
„Aber …"
„Such deinen Vater!!!"

Der Sharkel schleuderte Jay vom Rücken, worauf
dieser unvermittelt auf dem kaputten Sofa landete
und in ein lautes Lachen ausbrach. Er zeigte mit
seinen Dolchen auf den Sharkel. „Hehe, Pech
gehabt!", grinste Jay.

Ich sprang davon, und der Sharkel hinter mir her.
Mehrere Türen riss ich auf, der Sharkel zerstörte
sie alle. Eine Tür landete unglücklicherweise auf
meinem Rücken. Umgehend zerbrach sie. Mich
katapultierte es direkt ins Wohnzimmer. Mit dem
Kopf schlug ich unangenehm gegen die Wand.
Schwach bewegte ich mich. Ich kniete, ein Bein tat
mir höllisch weh.

Die Axt flog direkt auf mich zu und blieb über meinem Kopf in der Wand stecken. Dies nur, weil ich mich gottlob im richtigen Moment geduckt hatte. Eine Höllenangst überkam mich. Den Sharkel sah ich ein paar Meter vor mir entfernt stehen. Ich holte das Schwert aus meinem Gurt, stand mit letzter Kraft auf und warf es in seine Richtung. Es traf ihn direkt in der Brust.

Jay, der uns unbemerkt gefolgt war, packte den Sharkel an den zerzausten Haaren und schmetterte ihn gegen die Wand.
„Anny, ich erledige ihn!"
Ich rannte aus dem Wohnzimmer.
„Anny!!", rief Jay nochmals und warf mir mein Schwert zu.
Ich rannte damit in den zweiten Stock. „DAD!!!"

Unter mir hörte ich ein mörderisches Gebrüll.

„Daddy, wo bist du?!" Ich schaute in jedes Zimmer.

Als ich vor Dads Schlafzimmer stand, überlegte ich zuerst, bevor ich reinging. Ich durfte eigentlich nicht in sein Zimmer, weil er es mir verboten hatte. Doch jetzt musste ich. Langsam öffnete ich die Türe und trat mit komischem Gefühl ein. Alles war zerstört. Das Bett war umgeworfen worden, und der Schrank lag am Boden. Neben dem Bett entdeckte ich Blut. Ich sprang übers Bett, und mir wurde kalt, eiskalt. Es schauderte mich.

Jelly und Dad lagen tot am Boden. An Jellys Kopf klaffte eine grosse Wunde, Blut floss heraus. Dads Hals war aufgeschlitzt.

„Neiin, neiiin, neiiiin, neiiiin, neiiiin!!!"

Ich war verzweifelt, fühlte mich ohnmächtig, weinte unaufhörlich und konnte nicht glauben, dass Dad tot sein sollte. „Daaaad, bitte rede mit mir! Ich flehe dich an, sprich mit mir!" Ich kniete mich neben ihn, schüttelte seinen Kopf, doch ich bekam keine Antwort mehr.

Sein Herz schlug zweifellos nicht mehr und seine Augen waren für immer geschlossen. Ich konnte seinen Hals kaum ansehen, er sah furchtbar schlimm aus.

„Warum?!! WARUUUM??!!", schrie ich und strich meinem Vater liebevoll durchs Haar. Ich drückte ihn fest an mich. Jelly war mir in diesem Moment egal.

„Anny, hast du deinen Vater …" Abgekämpft stand Jay unter dem Türrahmen.

„ER IST TOT!!!!"

Zaghaft kam Jay auf mich zu. Lange sagte er nichts. „ … das war bestimmt der Sharkel!"

„WARUM??!!" Mein Kopf war feuerrot und meine Hand fing an zu brennen. Jay erschrak.

„14 Jahre lang war Dad immer für mich da, hat gut zu mir geschaut, mir geholfen und jetzt …"

Ich legte meine Hand auf Dads Wange und schluchzte laut.

Jay musste sich dabei hilflos gefühlt haben, wusste nicht, was er sagen wollte. Er rutschte näher zu mir hin. Unendlich traurig schüttelte ich immer wieder meinen Kopf und schloss meine Augen. Meine Hand brannte nicht mehr. Am Boden zerstört liess ich schliesslich meinen Vater los und streichelte ein letztes Mal sanft seine Wange. Ich konnte das alles nicht wahrhaben, weinte, weinte und weinte.

Jay versuchte mich zu trösten. „Ich weiss nicht, wie sich das anfühlt, Anny, aber ich denke, dein Dad würde dir sagen, dass er dich sehr lieb hat und dass er weiterhin gut auf dich schaut, auch wenn er nicht mehr sichtbar bei dir ist."
Ich umarmte Jay und drückte ihn so sehr an mich, dass er beinahe keine Luft mehr kriegte.
„Danke Jay."
„Hey, ich will dich fröhlich sehen. Ich möchte, dass meine Freunde glücklich sind, und du solltest es auch bald wieder sein, Anny."
Leicht lächelnd liess ich Jay los.

„Wo ist der Sharkel, Jay?"
„Ich halte ihn in einer Erdkiste gefangen. Er hätte mich um ein Haar getötet."

Jay drehte mir seinen Rücken zu. Bei diesem Anblick verschlug es mir beinahe den Atem.

Er hatte einen gewaltigen Schnitt am Rücken.
Dieser schien zwar nicht allzu tief zu sein, doch die
Wunde blutete und war bereits leicht angeschwollen.
„Oh mein Gott, tut das nicht weh?"
Jay zuckte nur mit den Schultern. „Doch, ein
wenig. Weisst du, Halbseelige haben sozusagen
ein Leben mehr als normale Menschen mit vollen
Seelen. Wenn wir Halbseeligen verletzt werden,
fallen wir nicht gleich in Ohnmacht oder müssen
zum Arzt. Uns schmerzt zwar die Wunde, doch
nach ein paar Tagen ist sie beinahe ausgeheilt."
Dabei zog er lustig eine Augenbraue hoch.

Unter uns hörten wir den Sharkel brüllen.

Ich stand auf und sah Dad das allerletzte Mal an.
Mit Tränen in den Augen rannte ich davon. Mein
Schwert hielt ich fest in meiner Hand. Jay folgte
mir. Wir rannten die Treppe runter und eilten ins
Wohnzimmer, wo eine etwa drei Meter hohe Kiste
aus Erde und Wurzeln stand. Als Jay einmal auf
den Boden stampfte, kam Erde durchs Fenster
geflogen. Sie landete direkt an der Kiste.
„Du da drin, lebst du noch?!", fragte Jay.
Der Sharkel schrie wie am Spiess.

Ich seufzte und ging auf die Kiste zu.
„Warum hast du meinen Dad getötet?!"
Ich bekam keine Antwort aus der Kiste und wurde
ungeduldig.
„Wiiiiesooo??!!"

Der Sharkel gab noch immer keine Antwort. Ich stach mein Schwert in die Erdkiste, der Sharkel begann wieder zu brüllen. Schnell zog ich das Schwert raus. An der Schwertspitze klebte grünes Blut. *Iiigiiitt!*

Ich verzog mein Gesicht, Jay grinste frech neben mir. Er wurde jedoch schnell wieder ernst, als ich ihn mit düsterem Blick anguckte. Ich wandte mich wieder der Kiste zu. „Antworte mir, oder ich fackle die Kiste ab!", schrie ich aggressiv. Der Sharkel knurrte. Meine Hand ballte ich zu einer Faust. „Oke, du kannst mich nachher töten!!", rief der Sharkel.
„Dann sag jetzt, warum du meinen Dad getötet hast??!!"
„Es war ein Auftrag", murrte der Sharkel mit tiefer Stimme.
„Von wem?"
„Bist du Anny Brev?"
„Ja!"
„Dann hat deine böse halbe Seele mir diesen Auftrag gegeben."
Ich zuckte zusammen und war baff. „Meine böse halbe Seele?"
„Ja!", brüllte der Sharkel.
„Dann erzähl uns, wie und wo du Annys böse halbe Seele getroffen hast", forderte Jay ihn auf.

„Wenn es sein muss ...

Ich war auf dem Weg zu dir, Anny, weil mein Auftrag der bösen Halbseeligen war, DICH zu töten!! Doch kaum hatte ich die Mauer erreicht, stand neben mir deine böse halbe Seele. Ich dachte zuerst, du wärst es, bis diese böse halbe Seele mir sagte, dass sie nicht Anny sei, sondern Ashley …"

„Meine böse halbe Seele heisst Ashley?", unterbrach ich ihn.

„Ja, dann hat mir diese Ashley befohlen, deinen Vater zu töten und dazu noch diese Jelly. Ansonsten würde sie mich töten. Danach machte sich Ashley aus dem Staub. So habe ich mich auf den Weg zu deinem Vater und dieser Jelly gemacht."

„Gut, ich habe genug gehört!" Ich klatschte meine Hände auf die Kiste. Im Nu fackelte sie ab. Der Sharkel schrie wie verrückt, und bald zerfiel die Erdkiste zu Asche.

Der Sharkel explodierte, grünes Blut spritzte in unsere Gesichter. *Iiiiigitt*, wie ich mich ekelte! Sofort wischte ich das Blut weg und rümpfte dabei meine Nase.

„Deine böse halbe Seele hat also dem Sharkel den Auftrag gegeben, deinen Dad zu killen", sprach Jay nüchtern und rieb sich ebenfalls das eklige Grüne aus dem Gesicht.

„Ja, und meine böse halbe Seele heisst Ashley."

10. Let's go!

Wir machten uns auf den Heimweg zum Half Soul House, denn es war bereits Abend geworden. Jay suchte Clor und Leron auf. Ich musste mich erst einmal ausruhen und über Dad nachdenken. Erschöpft liess ich mich aufs weiche Sofa fallen und konnte noch immer nicht glauben, dass Dad tot war. Ich verbarg meine weinenden Augen hinter meinen Händen und merkte, dass ich neben der Rezeptionsfrau die Einzige war, die sich in der Hauptetage befand.

Als ich meine Gedanken einigermassen wieder sammeln konnte, erhob ich mich und wollte die Treppe hoch zu meinem Zimmer laufen. Da öffnete sich die Haupteingangstür. Eine Person mit einem schwarzen Mantel trat ein. An den langen dunkelbraunen Haaren erkannte ich eindeutig, dass es eine Frau war. Ein paar Haarsträhnen schauten aus ihrer Kapuze.

Draussen regnete es in Strömen.

Die Kapuzenfrau ging in Stiefeln mit hohen Absätzen auf die Rezeptionistin zu. Ich versteckte mich hinter der Wand. Sie wirkte auf mich sehr unheimlich.

„Guten Tag, kann ich Ihnen helfen?", fragte die Rezeptionistin freundlich.

Die Frau schaute sich um. „Vielleicht. Kennen Sie ein Mädchen namens Anny Brev?"

Die Rezeptionsfrau nickte.

„Ist sie hier in einem Zimmer?"

Die Rezeptionistin nahm ihren Zimmerkontroller hervor und schüttelte den Kopf. „Nein, zurzeit nicht. Wofür brauchen Sie Anny und wer sind Sie denn?"

Ich verhielt mich ruhig.

Die Frau guckte zur Treppe und wieder zurück zur Rezeptionistin. „... muss ihr etwas geben. Ich heisse Temisa, mehr darf ich nicht sagen."

Die Kapuzenfrau zog einen Brief aus ihrer Manteltasche. „Können Sie diesen Umschlag bitte Anny geben? Ich sollte gehen."

Die Rezeptionistin nahm den Brief entgegen.

„Danke."

Als die Frau sich verabschiedet hatte und das Haus verliess, trat ich hervor und ging langsam auf die Rezeptionistin zu. „Hey, ich habe gehört, dass ich etwas bekommen habe. Stimmt das?"

„Ja, von einer Temisa."

Ich rannte mit dem Umschlag in mein Zimmer und sprang auf mein Bett. Das Couvert roch nach frischem Holz und sah frisch beschriftet aus. Ich öffnete den Umschlag ...

Hi Anny ☺

Hier schreibt deine Mom. Ich weiss jetzt, dass du dich im Half Soul House befindest. Es tut mir sooo leid, dass ich in all diesen 14 Jahren nie bei dir war. Aber es liegt an meiner Aufgabe, die ich zu erfüllen habe. Ich darf es dir leider nicht sagen, aber ja …

… das ist mir wichtig und du sollst wissen, dass ich dich irgendwann besuchen komme und du mir alles erzählen kannst. Tipp: Ich lebe, einfach, dass du das weisst!
Ich hab dich ganz fest lieb. Deine Mom

Mein Herz pochte wild. Ich konnte nicht fassen, dass meine Mom mir einen Brief geschrieben hatte und ich sie doch irgendwann einmal sehen würde. Vielleicht war sie diese Temisa …

Ich war so aufgeregt und wälzte mich im Bett. Vor Freude kreischte ich und betrachtete das Schwert in meinem Gurt. Ich zog es raus, starrte es an und stellte mich vor den Spiegel. Alles kam mir so unfassbar vor. Ich strich mit meinem Finger lächelnd über das Schwert. Danach steckte ich es wieder zurück in den Gurt und nagelte Moms Brief an die Wand. Mit pinken Boxershorts und weissem T-Shirt legte ich mich ins Bett, und nach ein paar Minuten schlief ich entspannt ein.

Es vergingen zwei Tage, und endlich war die Zeit gekommen, um aufzubrechen.

Ich lag noch in meinen Träumen, als um sechs Uhr morgens nach leisem Anklopfen die Tür aufging. Esabel, Leron, Jay und Clor standen unter dem Türrahmen.
„Anny, aufstehen!", forderte mich Esabel auf.
Die drei Jungs schauten noch sehr müde drein. Clor schlief beinahe im Stehen ein und stützte seinen Kopf an der Wand ab.
Jay lehnte seinen Kopf ebenfalls an die Wand und schloss seine Augen. Leron riss sich zusammen, damit er nicht einschlief. Ich verkroch mich nochmals kurz unter meine warme und kuschelige Bettdecke. Plötzlich knallte Clor auf den Boden und schlief tatsächlich ein. Leron und Jay knurrten und weckten ihn gleich wieder auf. Esabel schnappte sich meine Decke und warf sie auf die Jungs. Alle drei trugen graublaue Boxershorts und ein graues T-Shirt.
„Mann Leute, werdet wach!!", zischte sie ungeduldig.
Leron riss die Decke von sich runter. „Es ist sechs Uhr morgens!"
„Ja und?"
„SECHS UHR!! Das ist zu früh", murmelte Clor, Esabel verdrehte ihre Augen.

Sofort stand ich auf und guckte in meinen überfüllten Kleiderschrank. *Hhmm, was soll ich bloss anziehen?*

„Anny, dürfen wir uns in deinem Badezimmer bitte kurz frisch machen?", fragte mich ein müder Jay. Ich hatte nichts dagegen.

Esabel trug ein schwarzes Top und schwarze Jeans. In ihrer Hand hielt sie ein schwarzes Jeansgilet. „Anny, wenn ich du wäre, würde ich ein schwarzes Top, schwarze Jeans und eine Lederjacke anziehen. Hast du Stiefel mit kleinen Absätzen?"
Ich verneinte und blickte ihre Schuhe an.

Sie trug coole schwarze Lederstiefel mit kleinen Absätzen.
„Weisst du, diese Absätze sind sehr spitzig und können Verletzungen anrichten. Warte ... Du hast solche Stiefel!" Esabel schaute in meinen Schrank, zog eine Schublade auf und holte ein Paar schwarze Lederstiefel mit kleinen spitzen Absätzen raus. Sie reichte sie mir.

Ich klaubte ein einfaches schwarzes Top, schwarze Jeans und eine Lederjacke aus dem Schrank. Die Jacke war mir ein wenig zu klein. Dafür waren die Stiefel umso bequemer. „Die gefallen mir", sagte ich, musterte sie nochmals und zog mich komplett an.

Die Jungs hatten sich frisch gemacht. Sie schienen nicht mehr gar so müde und lachten miteinander. „Oke Jungs, zieht euch fertig an!"

Esabel scheuchte sie aus meinem Zimmer … und fort waren sie.

Nun begaben wir zwei uns ins Badezimmer und schminkten uns dezent. Wir tuschten unsere Wimpern, zogen einen feinen schwarzen Strich unter die Augen und malten unsere Lippen mit einem unauffälligen Rosa an. Esabel band ihre Haare zu einem Pferdeschwanz, ich liess meine offen.

Wenig später klopfte es an meiner Tür. Die drei Jungs standen mir hellwach gegenüber.

Sie trugen schwarze Jeans und ein schwarzes Top, Jay zudem eine schwarze Lederweste, Leron eine schwarze, kaputte Jeansjacke und Clor eine schwarze Elvis Presley-Jacke. Alle trugen schwarze Schuhe, jedoch jeder von einer anderen Marke. Jays Schuhmarke war Nike, Lerons Adidas und Clors Puma.

Jay, Leron und Clor musterten mich mit grossen Augen, Leron zog eine Augenbraue hoch, Jay schmunzelte mich schief an.
„Was glotzt ihr so?" Ernst blickte ich mit ver-schränkten Armen zurück.

Mit hängendem Kinn schauten sich die Jungs gegenseitig fragend an.
„Wir haben dich bloss angeguckt", antwortete Clor.

„Und? Bin ich spannend?" Ich runzelte dabei die Stirn.

„Kann sein", entgegnete Leron knapp.

Ich verdrehte meine Augen.

Esabel trat hervor und hielt zwei Ledergürtel in ihrer Hand. Einer war sogar ein Doppelgurt. Sie reichte mir den normalen Gurt, der mit kleinen, silbernen Steinen im Leder verziert war. Sofort zog ich ihn an. Die Jungs trugen ebenfalls einen Ledergurt.

„Oke, besprechen wir die Waffen", meinte Esabel. Ich packte mein Schwert und steckte es in meinen Gurt.

„Das nehme ich zu 100% mit!", frohlockte ich.

„Und ich meine Peitsche, ein Messer und meine zwei bronzenen Dolche", verkündete Esabel.

„Ich meine Dolche, eine Pistole und ein Schwert", ergänzte Leron.

Ich kicherte.

„Ich werde ein bronzenes Schwert und zwei Bajonette dabei haben", prahlte Clor.

Dann war Jay an der Reihe. „Ich komme nicht ohne meine beiden Dolche, mein Messer, das Schwert und das Bajonett. Und ich gebe jedem von euch eine Klinge, wenn das oke ist."

Wir waren einverstanden.

„Anny, du hast zu wenig Waffen dabei", stellte Leron fest.

„Ich habe nicht mehr."

„Du darfst mein Messer haben, ich habe zwei. Ausserdem kriegst du eine Peitsche", fügte Esabel an.

„Und von mir kriegst du eine Pistole", sagte Jay und lächelte dabei.

„Und man gibt einander die Waffen, wenn jemand von uns sie braucht. Aber, ganz wichtig, man gibt sie auch wieder zurück", bemerkte Leron und hob seinen Zeigefinger.

Wir waren uns einig, standen auf, und jeder holte seine Waffen. Ich wartete auf Jay und Esabel, bis sie mir das Messer, die Peitsche und die Pistole brachten. Nach ein paar Minuten standen alle bereit und gut ausgerüstet in meinem Zimmer.

Unsere Waffen hatten wir in unsere Gurte und in die Jacken- und Hosentaschen gesteckt.

„Dürfen die normalen Menschen unsere Waffen sehen?", fragte ich.

„Jaja, wir sind zumindest Krieger", erwiderte Leron. Ich musste schmunzeln.

Gegenseitig blickten wir uns an und waren startklar. Wir verliessen mein Zimmer und rannten in die Hauptetage, wo wir uns von L. Y. verabschiedeten.

„Viel Glück! Einen Tipp noch: Der Eingang zum Jenseits befindet sich in San Diego, an der Grenze zu Mexiko."

Wir bedankten uns bei ihr.

Wir marschierten Richtung Ende der Mauer und weiter zum alten kleinen Haus. Dort endlich angekommen, kletterten wir direkt in den Schrank. Nach wenigen Sekunden sahen wir bereits Licht am anderen Ende des Gangs. Wir sprangen aus dem Schrank, verliessen das Haus und befanden uns in New Jersey.

Ich atmete frische Luft ein.

Esabel tippte etwas in ihr silbernes iPhone 6 und zeigte in die Himmelsrichtung Südwest. „Oke Leute, nach San Diego geht es hier lang."

„Aber ernsthaft, wir wollen doch nicht dorthin laufen!", motzte Clor.

Ich überlegte.

„Für ein Flugzeug haben wir schlicht zu wenig Geld, Auto fahren können wir noch nicht, und für eine Zugfahrt fehlt uns ebenso das Geld", argumentierte ich.

Jay sah sich um und entdeckte etwas Interessantes. „Leute, wie wäre es mit einem Motorrad?" Er deutete auf ein Restaurant. Davor standen drei Suzuki-Motorräder. Eines war schwarz, das zweite weiss und das dritte rot.

Die Jungs waren natürlich sofort von Jays Idee begeistert, Esabel und ich hingegen skeptisch. „Könnt ihr denn Motorrad fahren?", fragte ich.

Alle drei zogen einen Ausweis aus ihrer Hosentasche und zeigten diesen Esabel und mir.

„Ihr habt tatsächlich Motorradausweise?", wunderte sich Esabel.

Leron, Jay und Clor nickten stolz.

„Aber wir Mädchen können nicht Motorrad fahren, und es hat nicht fünf Motorräder, sondern nur drei", erwiderte ich.

„Dann setzt ihr zwei euch hinter jemanden von uns dreien, ganz einfach", sagte Jay.

Esabel und ich sahen uns gegenseitig an und schluckten leer.

„Oke", meinten wir beide kritisch.

Clor blickte Leron und Jay sauer an. „Ich will alleine fahren!", protestierte er.

Nun waren Leron und Jay genervt. „Boah, wenn es sein muss! Aber dafür nimmst du den Schwarzen!", zischte Jay.

Clor verdrehte die Augen.

„Mann, ich möchte aber den Weissen", murmelte er und kickte einen Stein von der Strasse.

„Tja, Pech!", konterte Leron.

Jay und Leron schauten zu uns Mädchen rüber.

„Ihr dürft auswählen", sprach Leron.

Nun blickten Esabel und ich uns gegenseitig an.

„Oder wir machen es so: Ihr zwei wählt ein Motorrad aus, aber sagt es Anny und mir nicht und zeigt es uns ebenso wenig. Danach gehen Anny und ich zu einem Motorrad.

Die beiden, die dasselbe ausgewählt haben, fahren auch zusammen.

Wenn also zum Beispiel du Leron, das weisse ausgewählt hast, und ich gehe zum weissen, dann fahre ich mit dir. Verstanden?"

Die beiden Jungs fanden Esabels Idee gut. Clor jedoch machte ein grimmiges Gesicht. Leron und Jay besprachen die Sache nochmals miteinander.
„Anny, ich möchte gerne auf dem weissen Motorrad mitfahren", sagte Esabel.
Ich hatte nichts dagegen. „Passt für mich, ich nämlich lieber auf dem roten."
Esabel schmunzelte, und die Jungs richteten ihre Blicke auf uns. „Wir sind fertig."

Zusammen mit Esabel ging ich langsam auf die Motorräder zu. Ich blieb vor dem roten stehen und schaute es mir genauer an. Danach blickte ich zu Leron und Jay.
Jay kam auf mich zu. „Gut, Anny, dann steig auf."
Meine Augen wurden immer grösser. „Du hast das rote ausgewählt?"
„Ja!"

Ich musterte nochmals das Motorrad und setzte mich auf den Beifahrersitz. Es fühlte sich bequem an. Jay setzte sich vor mich hin. Neben dem Motorrad lagen die Zündschlüssel.

Jay hob zuerst den roten Schlüssel auf. „Leron, hier, fang!" Jay warf Leron den weissen Schlüssel zu.

Esabel sass schon hinter ihm. Sie streckte den Daumen nach oben. Clors Motor lief bereits.
„Halte dich irgendwo an mir fest, Anny."
Ich sah Jay verlegen an. „Und wo?"
„Zum Beispiel an meinen Hüften."
Ich spürte, wie meine Wangen rot wurden.

Ich umfasste seine Hüfte. Er gab Gas.
Hintereinander fuhren wir mit den drei Motorrädern in normalem Tempo auf die Strasse. Esabel hielt in einer Hand ihr Handy, das uns den Weg nach San Diego zeigte.

Als wir uns ungefähr in der Stadtmitte von New Jersey befanden, hielten wir an, weil die Ampel auf Rot stand. Jay stellte einen Fuss auf den Boden. Ich guckte mich um. Neben uns waren Esabel und Leron. Esabel erklärte Leron etwas auf ihrem Handy. Clor stand inzwischen neben Jay. Die zwei diskutierten auch etwas miteinander. Und ich? Ich entdeckte meinen besten Freund Levi. So gut es ging, versuchte ich mich hinter Jay zu verstecken. Es nützte alles nichts. Wütend marschierte er über die Strasse.

„Nein, bitte nicht", flüsterte ich.
Und schon stand er neben mir. „Anny?!"
Mit einem künstlichen Lächeln schaute ich ihn an.

In diesem Moment wechselte die Ampel auf Grün. Die Autos hinter uns fuhren an uns vorbei, wir machten ihnen so gut wie möglich den Weg frei.

Clor, Esabel und Leron musterten Levi skeptisch, und auch Jay wandte sich ihm zu.

„Schön, dich wieder einmal zu sehen, Anny", brummelte er und schien stinkwütend auf mich zu sein.

„Levi, ich habe wirklich keine Zei..."

„Wo warst du?", unterbrach er mich.

„Levi, ich darf es dir nicht sagen, und wenn ich es dir auch sagen würde, du würdest mich überhaupt nicht verstehen ..."

„Wo um Himmels Willen bist du in dieser Woche gewesen?", fiel er mir erneut ins Wort.

Ich liess Jays Hüfte los und verschränkte gereizt meine Arme. „Wieso unterbrichst du mich ständig ...?"

„Sag jetzt!"

„Nein, ich habe dir gesagt, dass du es nicht verstehen würdest, also!"

„Aha! Kannst du mir zumindest sagen, warum du gegangen bist?"

„Nein, nein und nochmals nein!!" Ich runzelte die Stirn.

Jay starrte Levi misstrauisch an.

Levi merkte, dass er von ihm beobachtet wurde.

„Und wer bist du und was glotzt du mich an?", fragte Levi ihn aggressiv.

Ich wusste, dass auch Jay sehr schnell wütend werden konnte, so wie Leron, Clor, Esabel und ich.

„Darf ich dich nicht einmal anschauen?"

Levi zuckte wortlos mit den Schultern.

„Sag mir bitte, wie du heisst und wer die anderen drei dort hinten sind?" Mit seinem Zeigefinger zeigte er auf Esabel, Clor und Leron und brachte es fertig, uns alle fünf zu nerven.

„Was geht dich das an?", mischte sich Esabel ein.

Levi schmollte und richtete seinen Blick auf mich. „Zufälligerweise geht mich das schon etwas an!!"

„Wir haben Namen, mehr musst du nicht wissen!", bemerkte Leron.

Levi klatschte sich eine Hand an die Stirn und schmollte weiter. „Anny, wer sind die und was willst du mit denen?"

„Sie sind meine neuen Freunde. Ich habe mit ihnen etwas Wichtiges zu erledigen!"

Levi begaffte abschätzig meine Kleidung und verzog dabei sein Gesicht. „Sag mal! Bist du in einer Woche ein Grufti geworden oder was soll das?"

Er kam auf mich zu, nahm mir das Schwert aus dem Gurt und strich seinen Finger darüber.

Ich stieg vom Motorrad und holte mir mein Schwert postwendend wieder zurück. Er bekam einen kleinen Schnitt am Finger ab und leckte sich das Blut weg.

Ich setzte mich wieder aufs Motorrad und steckte das Schwert zurück in den Gurt.

Baff sah Levi mich an. „Ein echtes SCHWERT??!!"

„Ja, das brauche ich!"

Levi stemmte seine Hände in die Hüfte. „Warum habt ihr alle echte Waffen dabei?!" Er schnüffelte an uns herum.

„Wir sind eben speziell!", meinte Clor gelassen.

„Merkt man! Anny, was soll das? Das bist nicht du!"

„Doch, Levi! Das ist mein wahres Ich. Diese Anny, die du kanntest, war gefälscht. Ich habe mein richtiges Leben gefunden!", unterbrach ich ihn.

Levi verstand die Welt nun gar nicht mehr. „Alter, wieso gafft der mich nonstop an?!" Levi deutete auf Jay und glotzte dazu mich an.

„Weil ich dich beobachte!"

„Und? Bin ich interessant?"

„Wenn du fort wärst, dann ja."

„Ist das dein Freund, Anny?"

„Er ist ein guter Freund, so wie die anderen drei auch!!"

„Warum sitzt du dann hinter ihm auf einem Motorrad?"

„Weil wir nur drei Motorräder fanden und meine beste Freundin und ich nicht fahren können!", schrie ich ihn an.

Levi wurde noch zorniger. „Ihr habt die Motorräder geklaut?!"

„Wir leihen sie uns aus, fertig! Und jetzt HAU AB!!!", forderte Esabel ihn energisch auf.

Levi schüttelte den Kopf. „Ausleihen? Das kaufe ich euch nicht ab!"

„MANN LEVI!!!", brüllte ich ihn an.

„Anny, wo ist eigentlich dein Dad?"

123

Als er Dad erwähnte, bekam ich sofort wässerige Augen.

Meine Freunde wussten, dass mein Dad tot war.

Betroffen schauten sie mich an.

„Rede bitte nicht über ihren Vater!", bat ihn Leron mit ruhiger Stimme.

Doch Levi ignorierte ihn. „Wo steckt dein Vater Simon?"

Ich kniff meine Augen zusammen. „Sei still …"

„Wo ist deine Antwort, Anny?!"

Ich riss meine Augen auf. „ER IST TOT!!!"

Levi verstummte augenblicklich, und ich zeigte ihm verbissen meine Zähne.

Die Ampel schaltete erneut auf Grün.

Ich umklammerte Jays Bauch. „Fahr!!", zischte ich in sein Ohr, doch Jay fuhr noch nicht weiter. Levi gönnte ich keinen Blick mehr. Ein Auto fuhr beinahe in ihn hinein.

„Anny, ich wusste das ja ni…"

„HALT DEINEN MUND, Levi! Wenn meine Freunde und ich dir sagen, du sollst nicht über ihn reden! Dann bitte respektiere das!!"

„Wie bitte?"

Ich schluckte leer. „Du hast gehört, was ich gesagt habe!"

Da knallte es …

11. Attackiert von komischen Busgästen

„Was war das?", wunderte sich Esabel und stieg vom Motorrad, ich ebenfalls.
Die drei Jungs parkten die Motorräder neben einem Haus und rannten zu Esabel und mir zurück. Levi stand etwa fünf Meter von uns entfernt und schaute sich ängstlich um.
Menschen kreischten und sprangen aus den Autos. Ich nahm mein Schwert, Esabel ihre Peitsche, Leron seine Pistole, Jay seine Dolche und Clor ebenfalls ein Schwert.
Levi begann vor Angst zu zittern. „Was tut ihr da?" Finster blickten wir ihn an. „Etwas!", antwortete ich kurz.

Ein Auto flog direkt auf uns zu. Gerade noch rechtzeitig konnten wir zur Seite springen. Es gab einen unglaublichen Knall, als das Auto neben uns zerschellte. Einige Autoteile fingen Feuer.
Geschockt standen wir dicht nebeneinander.
„Es ist bestimmt ein Soulkiller", bemerkte Leron. Wir glaubten dasselbe.
„EIN WAS??!!", rief Levi ungläubig.
Wir ignorierten ihn und vernahmen ein lautes Gebrüll.
„Das ist ganz klar ein Soulkiller!", schrie Jay, und wir rannten in Richtung Geschrei.
Levi folgte uns.

„Levi, es ist zu gefährlich für dich!", warnte ich ihn.
„Aber ... was tut ihr da?"
„Wir helfen dir und allen anderen Menschen. Und jetzt bring dich in Sicherheit!!"
Levi verstand gar nichts mehr, rannte dann aber zu den Motorrädern. Dort blieb er stehen, um uns zu beobachten.

Im letzten Moment sahen wir, wie eine merkwürdige Gestalt in einem Bus verschwand.
„Ich glaube, der Soulkiller versteckt sich im Bus", befürchtete Jay.
„Dann gehen wir doch mal rein", gab sich Esabel zuversichtlich.
Wir eilten gespannt zur Bustür. Clor packte den Griff, doch die Tür liess sich nicht öffnen.
„Verdammt, sie ist abgeschlossen."
„Ich versuche sie aufzubrechen", entgegnete Jay optimistisch und kniff seine Finger zusammen.
Seine Hand wurde grün und erstarrte im Nu. Er schlug sie gegen die Türe und verpasste ihr eine Beule. „Schande, sie ist zu hart. Leron, kannst du deine Blitzkräfte einsetzen?"
Leron zögerte nicht lange und donnerte seine Hände gegen die Tür. Hell wie Lichtscheine begannen sie zu leuchten, Blitze sausten aus Lerons Händen. Doch nichts geschah. Verärgert nahm er seine Hände von der Tür weg.

Levi beobachtete uns noch immer.

„Wenn Blitze die Türe nicht zerstören, dann schafft das auch die Himmelkraft nicht", meinte Leron und schlug seinen Fuss gegen die Tür.

Da Clor und Esabel beide Himmelkräfte haben, also Luft- und Himmelkräfte, würden ihre Kräfte auch nichts nützen.

„Dann versuch ich es einmal", sagte ich mutig und ballte meine linke Hand zu einer Faust. Sofort fing sie an zu brennen.
Levi schaute mich wie einen Ausserirdischen an.
Mit voller Kraft schlug ich gegen die Tür. Beim zweiten Mal fing sie Feuer. Drei Mal schlug ich rein, und die Tür zerfiel zu Asche. Ich hauchte meine Faust an, und das Feuer erlosch auf Anhieb.

Im Businneren vernahmen wir ein eigenartiges Knurren. Aber da fauchten mehrere, nicht nur jemand. Der Bus wirkte sehr alt und verbraucht.
Die kaputten Sitzplätze stanken, und der Boden war voller Blut.
Clor trat unvorsichtig in eine Blutpfütze. Er verzog sein Gesicht und strich das Blut an einem Sitz ab.
„Boah, können die nicht einmal putzen?!", ekelte er sich.
Esabel legte ihm die Hand auf den Mund. „Still!", befahl sie.
„Du klingst genauso wie meine Zwillingsschwester Meriane!!", brummte Clor.

Esabel schaute ihn grimmig an und verpasste ihm eine leichte Ohrfeige. „Halt einfach für ein paar Minuten deinen Mund!", zischte sie.
Clor war wütend, sehr wütend.

Was war denn das? Kraftvoll packte mich jemand am Fuss. Ich blickte hinab und sah eine knochige, mit einer sehr dünnen rosaroten Haut überzogene Hand. Die Adern waren auffällig rot und schwarz. Ich erschrak und stach reflexartig mein Schwert in die gruselige Hand. Sofort liess sie mich los und verschwand unter dem Sitz. Einen schleimigen Handabdruck hinterliess sie an meinem Fuss.
liiigiiitt!
„Schande, wer oder was war das?", fragte ich und wich zwei Schritte zurück.
„Wir sind Gnoulxs!", nuschelten sehr viele unheimliche Stimmen. Sie klangen rau, aber auch hoch.

Zu fünft und dicht beieinander gingen wir weiter.
„Leute, ich bin noch nicht so gut wie ihr!", sagte ich unsicher.
„Anny, du bist sogar sehr gut! Du hast mich geschlagen, also kannst und schaffst du das!"
Esabel machte mir Mut.

Ich begann kurz nachzudenken, sammelte all meine guten Gedanken, nahm meine ganze Kraft zusammen und wusste, dass ich es schaffen würde.

Mich schauderte es. Unter den Sitzen bewegten sich viele ekelhafte Soulkiller.

Sie wirkten abgemagert und waren mindestens zwei Meter gross. Jeder einzelne Knochen war zu erkennen, überzogen von einer sehr dünnen rosaroten Haut. Statt Augen hatten sie nur ein schwarzes Loch, ihre Münder waren klein und schwarz und die vielen Zähne spitzig wie bei einem Hai. Ihre grauweissen Haare hingen ihnen bis zu den Schultern. Sie trugen keine Kleider. Einem Gnoulx blutete die Hand ... von meinem Schwert.
„Sind das tatsächlich Soulkiller?", wollte ich wissen.
Meine Freunde nickten.
Es waren bestimmt etwa 20 Gnoulxs.
„Das sind zu viele", sagte Esabel ziemlich nieder-geschlagen.
„Nein, für mich sind es nicht zu viele", erwiderte Jay und stürmte gleich auf einen los, schwang seine Dolche und schnitt ihm in die Hüften.

Esabel schwang ihre Peitsche nach links und rechts. Als das Seil den Kopf eines Gnoulxs umfasste, kippte er aus dem Fenster. Clor und Leron griffen die widerlichen Gestalten ebenfalls an und kämpften mit ihnen. Da stürzte sich einer auf mich. Ich kickte ihm in den Bauch. Hart prallte er gegen ein Fenster und flog hochkantig raus.

Als ich mich weiter umschaute, packte mich bereits ein anderer Gnoulx am Handgelenk.
Kaltblütig und mit bösem Blick stach ich mein Schwert in seinen Bauch. Mit seinen langen Fingernägeln schnitt er mich am Oberarm.

Meine Wut war auf 500 Grad gestellt. Ich stürmte auf ihn los. Wir stürzten, gaben beide nicht auf und kämpften am Boden liegend weiter. Der Soulkiller kratzte mich, und ich schlug ihm mitten in sein gruseliges Gesicht. Er riss mir das Schwert aus der Hand, doch zum Glück fing Jay es auf. Rasend vor Wut stach ich meine Klinge in die Fratze des Viehs und stand auf. Als ich sie wieder rauszog, stürmten zwei weitere Gnoulxs auf mich los. Ich packte den Gnoulx, den ich vorhin besiegt hatte, und warf ihn auf einen der anderen Gnoulx. Glücklicherweise traf ich, und zusammen schlugen sie am Boden auf. Im richtigen Moment warf Jay mir mein Schwert zu. Ich griff den zweiten Gnoulx an, schwang das Schwert gegen sein Gesicht und schnitt ihm auf der Stelle die Nase ab. Ich boxte in seine Hüfte, Esabel schnellte die Peitsche gegen den Soulkiller. Das Seil umklammerte seine beiden Handgelenke. Esabel schmetterte den Gnoulx gegen die Wand, worauf sich das Seil von seinen Handgelenken löste. Ich steckte mein Schwert zurück in den Gurt, sprang auf ihn zu, packte ihn an seinen Haaren, schnitt mit der Klinge in seinen Hals und pfefferte ihn aus dem Fenster.

Ich sah, wie auch Esabel und Clor aus dem Fenster geschleudert wurden. Jay bemerkte nicht, dass er von fünf Gnoulxs attackiert wurde und wurde ebenfalls aus dem Fenster geschmissen.

Leron und ich waren noch die Einzigen im Bus.

Drei Gnoulxs packten mich an beiden Armen und katapultierten mich gegen ein Fenster. Es zersplitterte.
Ich hatte keine Chance, flog raus und schlitterte über den Boden. Dabei schürfte ich mir den Arm stark auf und bekam einen grossen Schnitt an der Hüfte ab. Ich kniete mich hin und bemerkte Esabel stöhnend neben mir liegen.
Leron wurde ebenfalls aus einem Fenster gedonnert. Er landete direkt auf Clor.
„Ahh, spinnst du!!", brüllte dieser.
Lerons Stirn war offen. „Sorry, ein Gnoulx hat mich aus dem Fenster gepfeffert."
Clor schubste Leron rücksichtslos von sich runter.
Levis Gesichtsausdruck wirkte zunehmend besorgter.

Der Bus explodierte.

Alle überlebenden Gnoulxs rannten auf uns zu. Sofort standen wir auf, ich zog mein Schwert aus dem Gurt. Jay stürzte sich auf zwei Gnoulxs und schwang seine Dolche gegen einen. Er köpfte ihn.

Der andere Gnoulx packte Jay am T-Shirt und schlug ihm ins Gesicht. Leron zielte mit seiner Pistole auf den Soulkiller, der Jay festhielt, und feuerte die Munition ab. Sie traf ihn tödlich.

Bang blickte ich zu Levi und sah, wie sich zwei Gnoulxs auf ihn stürzen wollten. Schnurstracks eilte ich zu ihm, packte einen Gnoulx am Arm, stiess mein Schwert in seinen Rücken und schmetterte ihn auf den anderen Gnoulx. Der wich aber aus und schubste mich. Im Stolpern packte ich schnell meine Peitsche und schwang sie gegen den Gnoulx. Doch dieser entkam mir erneut.
Ich wollte den Gnoulx fesseln, erwischte aber die Autotafel hinter ihm. Das Seil umwickelte die Metallstange, ich zog meine Peitsche zurück. Die Tafel löste sich aus dem Boden und kippte auf den Gnoulx. Sie traf ihn am Kopf, er fiel bewusstlos um. Als ich mein Schwert in seine Brust rammte, explodierte er. Von ihm blieb nur noch eine schwarze Wolke übrig.

Levi geriet beinahe in Panik, er war derart voller Angst.
„Levi, renn nach Hause! Du bist hier nicht sicher!", schrie ich.
„Aber was tust du?"
„Ich kämpfe!"
Ich klopfte ihm auf die Schulter. Dann rannte Levi davon.

Als ich ihm nachschaute, sauste ein Gnoulx über meinen Kopf hinweg. Ich stolperte, und ein anderer Gnoulx fiel auf mich. Er schlug mir ins Gesicht. Ich wollte seine Faust abwehren, doch er war zu stark. Ein weiterer Gnoulx riss mir das Schwert und die Peitsche aus der Hand. Ich hatte Glück. Das Schwert landete neben meinem Kopf.

Ich schwitzte stark. Der Gnoulx, der auf mir lag, schlug mich noch immer, und der zweite wollte sich ebenso auf mich stürzen, doch da sprang Jay neben mich hin. Er schwang seine Dolche gegen den Gnoulx, der mir die Waffen weggezerrt hatte. Jay schnitt ihm in den Arm. Der Gnoulx brüllte, Jay kickte ihn weg. Er landete auf dem Boden, und Leron übernahm ihn.

Jay packte den Gnoulx ob mir und schlug ihm mit dem Ellbogen in den Bauch. Ich stand auf und verpasste dem Vieh einen Faustschlag in den Nacken. Der Gnoulx torkelte hin und her. Jay packte ihn am Hals und presste seine Hände so lange zusammen, bis der Gnoulx keine Luft mehr bekam. Ich stand ausser Atem neben Jay. Seine Dolche stach er in die Brust des Soulkillers. Dieser verschwand in einer schwarzen Wolke. Endlich sah mich Jay beruhigt an. Ich atmete tief durch. „Hat Spass gemacht", meinte Jay kurz und schadenfreudig.

Ich war wie vor den Kopf gestossen. „Heyyyy, die hätten uns um ein Haar gekillt!!" Ich zeigte mit meinem Schwert auf den blutbefleckten Boden. „Aber wir haben sie besiegt, schau!", freute sich Jay.

Ich drehte mich von ihm ab und sah mich um. Es war weit und breit kein Gnoulx mehr zu sehen, nur Esabel, Clor und Leron, die zu Jay und mir eilten. „Boah, waren die hartnäckig", keuchte Clor und steckte sein Schwert zurück in den Gurt. „Aber es hat wirklich Spass gemacht."

Jay boxte mir sanft an die Schulter. „Siehst du, Clor versteht Spass!"
Ich verdrehte meine Augen und schüttelte den Kopf.
„Hauen wir ab, bevor die Cops kommen", meinte Leron.

Wir steckten die restlichen Waffen zurück in die Gurte, rannten zu den Motorrädern, und sofort fuhren wir los. Ich hielt mich an Jays Hüften fest. Kurz danach hörten wir tatsächlich die Cops anbrausen.

Für ein paar Minuten redeten wir nichts miteinander.

„Du warst gut, Anny."

„Danke Jay, du auch."

Jay zuckte kurz mit den Schultern. „Aber dein bester Freund kann ja nerven."

„Ja, ich weiss, Levi nervt sehr oft. Und Clor mag mich nicht."

Jay warf einen Blick auf Clor, der ernst auf die Strasse blickte. „Anny, er mag Girls allgemein nicht."

„Warum?"

„Weil er sich fühlen möchte und besser sein will als alle anderen. Clor geht sehr unsanft mit Mädchen um, und ihm ist es egal, ob Mädchen Schmerzen haben oder nicht."

„So dumm. Sogar seine eigene Zwillingsschwester hasst er."

„Ja, ich weiss, und alle anderen Mädchen auch. Manchmal hasst er sogar mich, ich ihn aber auch." Jays Stimme klang wütend. „Aber warum magst du ihn nicht, Anny?"

„Weil er so asozial ist. Er denkt nur an sich und beachtet uns anderen nicht."

Ich merkte, dass Jay eigentlich nicht über ihn reden wollte. Deshalb war ich ruhig. Meinen Blick wandte ich zu Esabel und Leron. Sie unterhielten sich fröhlich miteinander.

12. Wir übernachten in einem Gratishotel

Als es Abend wurde, befanden wir uns auf einer langen, geraden Strasse. Es waren nicht mehr viele Autos unterwegs, und man sah beinahe keine Menschen mehr.

„Hey Jay, wie wäre es, wenn wir irgendwo übernachten würden?", fragte Leron.

Jay war einverstanden. Ich hielt ihn noch immer fest, und Esabel schien zu schlafen (tat sie aber nicht).

„Und wo?", fragte Clor.

„Dort!" Leron zeigte auf ein Hotel, das wie eine alte Villa aussah. Ich zählte fünf Stockwerke. Es war ungefähr so lang wie eine 60 Meter-Sprintbahn und aus roten Ziegeln gebaut. Auffällig waren die verriegelten Fenster. Der Eingang war klein und mit einer hübschen Glastür versehen. Das Hotel sah irgendwie gemütlich aus. Auf einem grossen Schild stand:

Heute GRATIS übernachten

Die Jungs parkten ihre Motorräder direkt neben dem Hotel. Drinnen roch es nach Heu, aber es sah ganz ordentlich aus.

Der Boden war mit einem grossen bunten Teppich
bedeckt, die Wand ebenfalls aus roten Ziegeln und
im ganzen Raum waren schwarze Ledersofas
verteilt mit Tischen und Bücherregalen. Ganz links
ging eine Treppe hoch. In der Raummitte befand
sich die Rezeption. Die Rezeptionistin trug eine
schwarze Brille. Ihre roten Haare hatte sie zusammengebunden, und ihre Haut war auffällig blass.
„Ihr wollt hier schlafen, oder?" Dabei blickte sie uns
merkwürdig an.
Wir nickten.
Die Frau warf Esabel einen Schlüssel zu. „Dritter
Stock, Zimmer Nummer 84!", fauchte sie.

Die Rezeptionistin wartete, bis die Luft rein war.
„Haha, sie sind voll drauf reingefallen", lachte sie
und trat von einem kleinen Podest runter. Sie sah
älter aus, doch in Wirklichkeit war sie erst 14 Jahre
alt. Ihre Augen leuchteten rotorangebraun, und sie
hatte auffällige und lustige Sommersprossen. Sie
rief ihre Freundin an und sah sich immer wieder
unruhig um. „Hey Meghan, es hat geklappt."
„Perfekt – und jetzt lass sie nicht mehr raus!! Sie
dürfen dein Tattoo nicht sehen!"
Das Mädchen mit den roten Haaren verzog das
Gesicht. „Ja, ich versuch es." Sie legte auf und
suchte nach unserem zweiten Zimmerschlüssel.

Todmüde liessen wir uns aufs Bett fallen und
schliefen sofort ein. Unser grosses Zimmer hatte
nur drei Betten.

Esabel und ich schliefen zusammen in einem Bett, und Clor und Leron teilten sich ein anderes. Jay pennte in einem Kinderbett.

Ich war im Tiefschlaf, bis ich ein Geräusch im Zimmer wahrnahm. Sofort war ich hellwach. Ich beobachtete, wie Clor langsam zur Tür ging. „Clor, wohin gehst du?", fragte ich und regte mich ziemlich auf.
Er fuhr zusammen und schaute mich erschrocken an. „Alter, Anny, erschreck mich nicht so!"

Er trug Jeans, sonst nichts, nur dass er sein Messer in der Hand hielt. Alle anderen Jungs trugen auch kein T-Shirt.

Von Kopf bis Fuss angezogen, stieg ich aus dem Bett und lief neben ihm her. Wir schlüpften in unsere Schuhe.
„Ich habe etwas gehört", murmelte er.
Ich runzelte die Stirn, und er drückte mir ein Messer in die Hand. „Mitten in der Nacht? Ernsthaft, Clor?"
Clor öffnete die Türe, und wir traten in den Flur hinaus. Die Tür schloss ich hinter mir ab.
„Anny, ich weiss, was ich gehört habe, und es klang nicht gut." Wachsam guckte er sich um.
„Clor, es ist ein Uhr in der Nacht!", flüsterte ich.
Er schenkte mir einen genervten Blick. „Ja, ein Uhr."

Finster blickte ich ihn an. „Warum magst du mich nicht?"

„Ich hasse jedes Mädchen, dies einfach so als Bemerkung."

„Grrrr, warum magst du uns nicht? Und damit meine ich vor allem auch mich."

Clor senkte seinen Kopf und schaute in den dunklen Gang. „Weil ihr alle so arrogant seid."

„Aber das ist doch nicht jedes …"

„Jene, die ich kenne, schon", unterbrach er mich.

Ich packte ihn an seiner linken Schulter und drehte ihn zu mir, sodass er mir in die Augen blicken musste. „Willst du damit sagen, dass ICH arrogant bin?" Ich zog eine Augenbraue hoch.

Clor zuckte mit den Schultern. „Kann sein. Es könnte aber auch sein, dass ich dich aus einem anderen Grund nicht mag."

Ich liess ihn los. „Und welcher Grund?"

„Sag ich dir nicht!" Er ging den dunklen Gang entlang.

Wütend und mit rotem Kopf watschelte ich ihm hinterher. „Jay hat recht", sagte ich laut und blieb stehen. „Du schaust wirklich nur auf dich und bist so was von dickköpfig!"

Clor stand mit bösem Blick etwa zehn Meter von mir entfernt. „Was hat Jay dir gesagt? Dass ich nur auf mich schaue und dickköpfig bin?!" Er zeigte mit seinem Messer auf seine Brust.

„Ja, und dass du nie Rücksicht auf die anderen nimmst. Dir ist es egal, ob wir Schmerzen empfinden oder nicht. Bei dir geht es nur darum, dass es dir gut geht und du dich fühlen kannst." Clor lief erzürnt auf mich zu und schubste mich grob gegen die Wand.

Er packte mich heftig am Hals, sodass ich beinahe keine Luft mehr bekam. „Wenn du oder Jay noch irgendetwas Schlechtes über mich sagt, dann seid ihr tot!" Endlich liess er mich los. Ich atmete tief ein und aus. „Und wenn wir gerade über Jay reden, er ist nicht besser als ich", maulte Clor weiter. Ernst stand er vor mir.
Ich stemmte meine Hände in die Hüften. „Wie meinst du das?"
„Jay fühlt sich auch und will Mädchen beeindrucken, indem er sie im Kampf rettet oder sich um ein Girl sorgt und ihr Komplimente macht!"
„Aber das ist doch süss!"
Clor schüttelte ungläubig den Kopf. „Für euch Mädchen schon, aber für uns Jungs nicht. Jay sorgt sich nur um Mädchen, aber um seine besten Freunde wie Leron und mich nicht. Zum Beispiel vorhin, als wir gegen die Gnoulxs kämpften, stürmte ein Gnoulx auf mich los, und ich hätte Hilfe gebraucht. Jay stand uninteressiert neben mir und sah zu, wie dieser Gnoulx mich angriff. Ich bat ihn sogar, mir zu helfen. Doch Jay packte zwei andere Gnoulxs, die schon halbtot waren.

Der Gnoulx, der mich attackierte, war hingegen noch heil, hatte keine Wunden oder Verletzungen. Geholfen hat mir letztendlich Esabel, aber ..."

„Siehst du? Mädchen können auch hilfsbereit sein!", unterbrach ich ihn.

„Hör mir zu!!", brüllte er und zeigte mit dem Messer auf mich. „Esabel rannte danach auch wieder von mir weg und kämpfte weiter. Also hat sie mich nur befreit, mehr nicht", jammerte Clor.

„Aber dank ihr konntest du danach weiter-kämpfen", gab ich ihm zu verstehen.

Clor liess sein Messer sinken, gab keine Antwort mehr und dachte nach.

„Jay ist nicht dumm und schon gar nicht schwach", verteidigte ich ihn.

„Aber er ist ein Besserwisser."

„Und du bist ein Ego!" Geladen zeigte ich ihm meine Zähne.

Clor erstarrte und kam direkt auf mich zu. Ich wollte etwas sagen, doch er hielt seine Hand vor meinen Mund. Unverzüglich schlug ich sie aus meinem Gesicht.

„Psssst, ich habe jemanden gehört!"

Ich verdrehte die Augen. „In deinen dummen Gedanken vielleicht, denn ich höre ni..."

Doch jetzt vernahm ich von weitem ein Fluchen.

„Was ist mit meinen Gedanken?", fragte er zornig.

„Nichts." Ich lächelte künstlich.

Clor rannte leise zur Treppe, ich hinterher.
Mucksmäuschenstill gingen wir die Treppe runter.
Vom ersten Stock aus sahen wir in der Hauptetage
diese weibliche Person wieder. Sie schien nun
keine Frau mehr, sondern sah aus wie ein
Teenagermädchen und trug andere Kleider: ein
schwarzes, leicht kaputtes Top, schwarze, zu enge
Lederjeans und Fellstiefel mit kleinen Absätzen,
ebenfalls in Schwarz. Nervös lief sie hin und her.

Am Oberarm entdeckte ich ihr Symbol. Es war
rotschwarz und sah aus wie ein grosses ‚M' mit
einem grossem ‚T' in der Mitte, ein ‚–' ging durch
die beiden Buchstaben.
„Eine böse Halbseelige", flüsterte Clor.
Ich studierte das Mädchen genauer. „Und woran
erkennst du das?"
„An ihrem Symbol. Bei guten Halbseeligen ist das
Symbol schwarz und bei bösen rotschwarz."
„Mann, Lorsa, konzentrier dich!!", haderte das
Mädchen mit sich selbst.
„Heisst sie Lorsa?"
Clor nickte.
„Wo ist der Schlüssel zu diesem Zimmer? Ich
muss diese fünf im Zimmer einsperren!"
Ich fuhr zusammen. „Meint sie uns?"
„Ja! Anny, du holst die anderen drei, ich erledige
diese Lorsa."
„Aber …"
„MACH!!", schnaubte er mich leise an.
„Ist gut, ja."

Clor murmelte noch irgendetwas und huschte langsam die Treppe runter in die Hauptetage. Ich schaute ihm kurz nach und sah, wie er sich hinter einem Bücherregal versteckte. Lorsa stand direkt davor.

Mit Absicht stiess Clor das Regal um, worauf dieses auf Lorsa kippte. „ALTER, ANNY, HOL JETZT DIE ANDEREN!!!"

Schnurstracks eilte ich nach oben, während ich von unten Messergeräusche vernahm. Ausser Atem riss ich die Zimmertür auf. „Leute, aufstehen!! Sofort!!"
Alle wälzten sich zur Seite, und ich stampfte auf den Boden. „STEHT AUF!!"
Niemand rührte sich, ich wurde nervöser. „Clor und ich haben eine böse Halbseelige im Hotel entdeckt. Clor kämpft gegen sie."

Im Nu öffneten sich alle drei Augenpaare. „Eine böse Halbseelige?", fragte Esabel erstaunt.
„Ja, sie gibt sich als die Rezeptionsfrau aus, aber in Wirklichkeit ist sie ein Teenager namens Lorsa."

Sofort waren alle hellwach und griffen nach ihren Waffen. Esabel hielt ihre Peitsche in der Hand, Jay sein Schwert, Leron seine Dolche, und ich griff nach meinem Schwert. Jay grapschte nach Clors Bajonett. Da krachte es unter uns.

„Schande!", schrien wir und rannten aus unserem Zimmer die Treppen herunter. In der zweituntersten Etage angekommen, sahen wir, wie Lorsa Clor gegen die Wand drückte.
„CLOR!!", rief Jay und warf ihm sein Bajonett zu. Souverän fing er es auf und schwang es gegen Lorsa. Doch sie wich selbstbewusst aus.

Jay sprang von der Treppe und landete auf einem Tisch. Esabel, Leron und ich eilten ebenfalls die Treppe runter. Lorsa packte Clor am Handgelenk und schmetterte ihn auf Jay, der auf dem Tisch stand.

Jay konnte ihm im letzten Moment ausweichen, sprang mit einem Salto vom Tisch, landete auf den Füssen und zeigte mit dem Schwert auf Lorsa.
„Wer bist du, böse Halbseelige?"
Leron und Esabel halfen Clor hoch.
Lorsa lachte nur böse. „Ich bin Lorsa, Lorsa Marex, die Eisbändigerin." Sie hauchte eine Eiswolke aus ihrem Mund. Die Wolke schwebte in der Luft. Als Lorsa auf Jay deutete, sauste die Eiswolke auf ihn zu. Jay duckte sich. Die Wolke bewegte sich weiter Richtung Treppe, worauf diese sofort vereiste. Wir waren ziemlich sprachlos.
„Oh Gott!", sagte ich besorgt.
Lorsa blickte Jay kämpferisch an. Clor stand inzwischen wieder auf den Beinen. Wir umzingelten diese Lorsa. Esabel schwang ihre Peitsche gegen sie und traf sie im Gesicht.

Esabel zog das Seil zurück und schlug es wuchtig auf den Boden. In Lorsas Gesicht zeichnete sich ein roter Strich ab. Sie rannte auf Esabel zu und kickte ihr in den Bauch, worauf diese wegen der spitzen Absätze an der Hüfte zu bluten begann. Esabel stolperte, und Lorsa fasste das Seilende mit beiden Händen.

Sie schwang es nach links, Esabel fiel auf die Eistreppe. Leron und Clor rannten auf Lorsa zu. Leron schlug ihr mit Wucht ins Gesicht, Clor schnitt ihr in den Rücken. Jay verletzte sie mit seinem Schwert an Wange und Nase. Lorsa stürzte zu Boden, Leron stach sein Schwert in ihre Hand. Sie brüllte laut. Clor bolzte ihr den Fuss ins Gesicht.

Ich rannte zu Esabel.
„Alles oke?"
Esabel nickte kurz, obwohl sie am Kopf blutete.
„Mein Kopf pocht", sagte sie mit schmerz-verzerrtem Gesicht.

In dem Moment flog Clors Messer über meinen Kopf hinweg. Ich schaute nach hinten, und Lorsa stiess Clor unsanft gegen die Wand. Jay packte sie kräftig am Handgelenk, flink befreite sie sich und kickte mit dem Fuss in Jays Gesicht. Sie blickte Leron an, der seine Dolche gegen Lorsas Kopf schwang und streckte ihre Hand nach dem Schwert aus. Lerons Schwert fror mitsamt seinem Arm ein.

Nun packte ihn Lorsa an seinem vereisten Arm, drehte diesen um und katapultierte Leron ins kaputte Bücherregal.

„Wir haben noch eine Unverwundete", sprach Lorsa mit ernstem Blick auf mich gerichtet. Sie holte ein Messer aus ihrem Gurt und stürmte auf mich los.

Mit meinem Schwert versuchte ich mich zu verteidigen. „Pass auf, was du tust!", warnte ich sie.

„Ich weiss ganz genau, was ich tue", zischte sie und kam immer näher auf mich zu. Sie schwang ihr Messer gegen mich, doch ich wehrte es mit meinem Schwert blitzschnell ab. Ich ging vom Stehen in die Brücke und kickte mit meinen Schuhen in ihr Gesicht. Sie kippte um, ich erhob mich von der Brücke in den Handstand.

Ich rollte auf dem Boden, kniete neben Lorsa und packte sie am Handgelenk. Meinen Ellbogen rammte ich in ihr Gesicht. Reflexartig stiess Lorsa ihr Knie heftig in meinen Rücken.

Ich prallte auf mein Gesicht und merkte, wie Lorsa mir in den Rücken schnitt. Meine Hand fing auf der Stelle zu brennen an. Ich presste sie zusammen und wich Lorsas nächster Faust aus. Ruckzuck stand ich auf.

„Bist du ... nein, oder ... WHAT!?", stotterte Lorsa, als sie meine brennende Hand erblickte.

Ich atmete wie ein Stier, schlug ihr mit meiner brennenden Faust ins Gesicht und verpasste ihr einen schönen knallroten Abdruck. Mein Schwert schwang ich gegen ihren Bauch, schnitt sie und bolzte sie gegen die Eistreppe. Das Eis zerbrach. Regungslos lag sie am Boden. Ich wischte mir den Schweiss von der Stirn, strich das Blut am Schwert an einem Sofa ab und steckte die Waffe zurück in meinen Gurt.

Als Esabel wackelig auf mich zulief, griff ich nach ihren Schultern. „Alles oke?"
Kraftlos nickte sie. „Du warst der Hammer, Anny!", lobte sie mich mit gedämpfter Stimme.
Verlegen bedankte ich mich bei ihr.

Jay stand verwirrt auf und stützte sich an der Wand ab. Ich liess Esabel los und rannte zu Jay. Er blutete an der Lippe und unter dem Auge. Blut floss an seinem Bauch runter und tropfte auf den Boden.

Neben ihm erhob sich Leron, der eine auffällige Wunde an der Stirn hatte. Sein Hals war voller Kratzer und sein Bauch aufgeschürft. Ich hielt Leron und Jay um die Schultern fest, Esabel half Clor hoch.

Clor hatte ein blaues Auge und am Rücken ein paar wenige Schnitte abbekommen. Sein Ohr schien beinahe weggeschnitten und sein Bein blutete.

Mir schmerzten die Wangen und Hüften.

„Wir müssen hier schnellstens raus", sagte ich bestimmt.

Leron und Jay zögerten keinen Moment. Esabel war zum Glück wieder fit. Zusammen rannten wir aus dem Hotel zu unseren Motorrädern.

„Ich kann so nicht fahren", sagte Jay bedrückt.

„Wieso nicht?"

Jay zeigte mir seine linke Hand. Sie war aufgeschürft und blutete.

„Und ich kann und darf kein Motorrad fahren", erwiderte ich.

„Anny, ich helfe dir. Zusammen schaffen wir das", motivierte mich Jay.

Clor setzte sich auf sein Motorrad.

Esabel holte unsere Kleider aus dem Zimmer. Als sie wieder unten war, fuhr Leron mit dem Motorrad neben sie.

„Steig auf!", befahl er.

Esabel gehorchte ihm. In ihren Händen hielt sie unsere Jacken und die Tops der Jungs.

Ich setzte mich ebenfalls hinter den Lenker und hatte keine Ahnung, wie ich das Motorrad fahren sollte.

Jay setzte sich hinter mich. „Anny, leg deine Hände auf die Lenkgriffe." Er legte seine Hände auf meine. Ich merkte, wie er sich auf die Lippe biss. „Ahh, das tut weh", murmelte er, riss sich aber zusammen.

„Jay, alles oke?"
„Ja, soweit alles gut! Jetzt musst du Gas geben.
Ich helfe dir lenken."

Verunsichert fuhr ich langsam los, und es war ein
geniales Gefühl. Am liebsten hätte ich meine
Augen geschlossen, doch das konnte ich ja nicht.

13. Ein unglaublicher Moment

Wir fuhren noch eine Weile, bis wir eine lange und verlassene Strasse erreichten. Kein Mensch, kein Auto, kein Haus, nichts war zu sehen, nur grosse Steine. Es war bereits Nacht, die Sterne leuchteten hell am Himmel. Der Mond schien stark und gab uns Licht.

Inzwischen konnte ich schon sehr gut fahren, Jay hielt nur noch mit einer Hand meine Hand. Er simste mit Leron und umgekehrt.
„Schmerzt deine Hand eigentlich noch?", fragte ich.
„Ähm, nein, nicht mehr so sehr. Wieso? Soll ich wieder fahren?" Jay schaute mich dabei süss an.
„Nein, nur wenn du möchtest."
Er überlegte und zuckte mit den Schultern. „Ich könnte schon."
„Ist sonst schon gut."
Jay guckte auf sein Handy, ich schaute zu Clor. Ernst blickte er auf die Strasse.
„Jay!"
„Ja, Anny?"
„Clor erzählte mir, dass du mich nur vor dem Gnoulx gerettet hast, weil du mich beeindrucken wolltest. Stimmt das?"
Jay erstarrte für einen kurzen Moment. „Nein! Ich wollte dir aus der Patsche helfen!"

„Aber warum hast du mir geholfen und Clor nicht? Du hast ihn anscheinend im Stich gelassen, als er von einem Gnoulx angegriffen wurde."

Jay wurde wütend. „Das hat Clor dir tatsächlich erzählt? Dass ich ihn im Stich gelassen habe? So ein Arschloch!!" Er schaute wütend zu Clor rüber.

„Warum? Stimmt das nicht?"

„Nein! Ich habe ihm nicht geholfen, weil er mir gestern vor der Abreise sagte, dass ich ihm in einem Kampf nicht helfen soll. Und ... weil er mich auch einmal im Stich liess. Ich hatte vor ein paar Jahren einen Kampf mit einem grossen Soulkiller. Clor stand neben mir und sah zu, wie mich das Ungeheuer beinahe tötete."

Ich war sprachlos, und Jay hinter mir stinkwütend. „Boah, ist das ein Lügner, dem werde ich eine Lektion erteilen!", schimpfte er und schenkte Clor erneut einen bösen Blick.

„Was ist?", fragte Clor zynisch.

„Alter, Jay, was ist los?!" Alle starrten Jay an.

„Arschloch!", murmelte er sauer.

„Weisst du was? Du solltest wieder fahren. Es ist besser so", forderte ich Jay nett auf. Ich stoppte das Motorrad und stieg ab.

Jay rutschte nach vorne und packte stinkwütend die Lenkgriffe. Ich stieg auf den Rücksitz und umklammerte seinen Bauch. Mit Vollgas fuhr er los.

„JAY!!!", brüllte ich.

Er näherte sich Clor.

„FAHR LANGSAMER!!"

„Ich habe mit Clor zu reden!"

„Mach das bitte, wenn wir nicht mehr auf dem Motorrad sitzen!!"

Jay ignorierte mich und fuhr neben Clor. „Du Lügner!!"

Clor runzelte nur die Stirn. „Was?"

„Du hast Anny etwas erzählt, das überhaupt nicht stimmt!!"

Clor blickte mich überrascht an, ich wurde nervös. Esabel und Leron fuhren zu uns hin. „Jay, was ist …?!", fragte Leron.

„Mund halten!!", tobte Jay.

„HILFE!!!", schrie ich.

„Jay, fahr bitte langsamer!!", bat ihn Esabel.

„NEIN!!", erwiderte er.

„Was habe ich denn Falsches gesagt?!!", fragte Clor.

„Dass ich dich im Stich gelassen habe ... Das stimmt nicht!"

„Du meinst, als ich von einem Gnoulx angegriffen wurde?"

Jay nickte sauer mit dem Kopf.

„Es stimmt doch, ich habe dich gebeten, mir zu helfen, und du bist weggerannt, du Asi!!", lärmte Clor.

Jays Kopf war knallrot, und ich klammerte mich noch mehr an ihn. „JAAAAYY!!", schrie ich, doch Jay hörte nicht auf mich.

„In Wirklichkeit hast du mir gestern gesagt, dass ich dir in einem Kampf nicht helfen darf.
Du hast mich aber einmal im Stich gelassen, als ich dich gebeten habe, mir zu helfen!!! Und ich bin kein ASI!!!", tobte Jay.
„JAY!!! FAHR LANGSAMER!! UND SCHAU AUF DIE STRASSE, VERDAMMT NOCH MAL!!!", schrie ich.
„Jay, das war ein Missverständnis!", zischte Clor.
„Nein, du hast damals neben mir gestanden und einfach zugeschaut. Ich wäre um ein Haar gestorben!!"
„Das war vor zwei Jahren!!"
„Ja, das war der schlimmste Tag meines Lebens!! Ich musste zuschauen, wie mein bester Freund mich im Stich liess und danach mein Vater beinahe getötet wurde."

Kreischend richtete ich meinen Blick nach vorne, als es vor uns hupte. Zwei grosse Lastwagen fuhren auf uns zu, einer raste seitlich in uns hinein. Ich schlug auf dem Lastwagendach auf und fiel auf der anderen Seite wieder runter. Die Lastwagenfahrer brausten einfach weiter, ohne sich um uns zu kümmern. Stöhnend lag ich am Boden, Jay ein paar Meter neben mir. Er regte sich furchtbar auf und kroch wie ein Wunder unverletzt zu mir hin. Ich war so zornig auf ihn und rutschte von ihm weg.
„Anny, alles oke?"
„NEIN!!" Meine Wangen und meine Stirn waren stark aufgeschürft.

„Wieso hast du nicht auf mich gehört?!", tobte ich mit hochrotem Kopf.
„Es tut mir leid, abe…"
„Nein, da gibt es kein Aber!"

Ich stand auf und eilte mit Schmerzen davon, während Leron Esabel hoch half. Sie sah mich wegrennen. „ANNY!!", rief sie, doch ich hatte mich bereits hinter einem Felsen versteckt und versuchte, mich zu beruhigen. Sitzend atmete ich tief durch und wischte mir das Blut aus dem Gesicht.
„Jay, was sollte das?!", fragte Esabel wütend.
„Wieso hast du nicht auf Anny gehört?!"
Jay blickte sich empört um und entdeckte Clor hinter ihm. Sofort stürzte er sich auf ihn, und eine heftige Schlägerei entwickelte sich.
Esabel und Leron versuchten, die beiden Streithähne auseinanderzubringen. „Alter, Jungs, beruhigt euch!"
„Er hat gelogen!", brüllte Jay.
Esabel konnte ihn mit Mühe festhalten.
„Ja, und du hättest mir helfen sollen!", rief Clor stinksauer.
Leron packte ihn an den Haaren.
„LERON!! LASS LOS!!!"
„Wieso lügst du, Clor?!", fauchte Leron.
„Pfff, so eine dumme Frage!"
„Du hast GELOGEN!", lärmte Jay.
Clor wollte sich erneut auf Jay stürzen, doch Leron konnte ihn festhalten.

„CLOR!!", schrien Esabel und Leron.

„Manchmal muss man einfach lügen, fertig!!", sagte Clor wütend und rümpfte dabei die Nase.

„Wir können nachher nochmals darüber diskutieren. Aber jetzt soll jemand von euch beiden Anny suchen", mischte sich Esabel ein.

„Wieso einer von uns zwei?", fragte Clor.

„Weil ihr schuld seid, dass Anny weggerannt ist, oder besser gesagt, es ist deine Schuld, Jay!", entgegnete Leron.

„Wieso ist es meine Schuld?"

„So eine bescheuerte Frage! Du hättest auf sie hören sollen. Deinetwegen ist sie verletzt, ihr Gesicht ist aufgeschürft", fuhr Esabel dazwischen.

Jay verdrehte seine Augen. „Meine Schuld? Clor hätte ..."

„JAY!!!", schrien Esabel und Leron gleichzeitig.

Niedergeschlagen und mit gesenktem Kopf dachte Jay nach. „Oke, es ist meine Schuld."

„Und jetzt schau, wo Anny ist, los!" Mit ihrer rechten Hand zeigte Esabel dabei in meine Richtung.

Jay lief los und kickte einen Stein von der Strasse. Esabel und Leron diskutierten mit Clor.

Mein aufgeschürftes Gesicht schmerzte, meine Stirn pochte. Es dauerte nicht lange, bis Jay mich entdeckte. Er setzte sich neben mich und starrte mich an.

Ich atmete tief durch und stützte meinen Kopf auf meinen Knien ab.

„Geh bitte!", forderte ich ihn auf.

„Ich will nicht."

„Aber ich will!!"

„Anny, ich wollte doch nie und nimmer, dass so etwas passiert. Ich hätte auf dich hören sollen."

„Ja Jay, das hättest du."

Er rutschte näher zu mir hin, ich ein paar Zentimeter von ihm weg.

„Ich war so wütend auf Clor", versuchte er sich zu erklären.

Ich schloss die Augen. „Und warum hast du nicht auf mich gehört? Sogar Esabel und Leron haben es dir gesagt."

Er schnaubte und verschränkte die Arme. „Meine Wut war auf 1000 Grad gestellt. Es war mir nicht bewusst, was ihr mir sagtet. Ich bin so, Anny, nicht perfekt, aber das will und muss ich auch nicht sein."

Ich öffnete meine Augen und spürte Jays Hand auf meiner Schulter. Sofort schüttelte ich sie ab, wischte mir erneut das Blut aus dem Gesicht und strich es an meiner Hose ab.

„Hast du starke Schmerzen?"

„Natürlich!"

„Ich will das nicht und auch nicht, dass du traurig bist, Anny."

„Ich bin nicht traurig! Nur ein wenig empfindlich, mehr nicht."

Endlich war die wärmende Sonne zu spüren. Jay reichte mir ein Tuch.

„Danke."

Sorgfältig tupfte ich meine Wunden ab. Sanft hielt Jay mich an den Schultern. Meinen Kopf drehte ich ihm zu.

„Oh mein Gott, Anny, deine Wunden! Komm, gib mir bitte das Tuch."

„Danke, aber das ist nicht nötig."

„Doch ist es. Es tut mir leid. Ich habe einen Fehler gemacht und wollte bestimmt nicht, dass das passiert und du dich verletzt."

„Ja, ist jetzt schon gut." „Nein, ist es nicht. Ich möchte, dass du glücklich bist und es dir gut geht."

„Jay, ich bin nicht in guter Stimmung."

„Aber ich."

„Schön, aber das interessiert mich nicht."

Er guckte mich nonstop an, während ich in die strahlende Sonne blinzelte.

„Es ist auch meine Schuld."

„Wieso, Anny?"

„Ich hätte dich nicht an den Lenker lassen sollen. Irgendwie habe ich gespürt, dass es nicht gut kommt. Aber ich war zu dumm, dich daran zu hindern."

„Anny, du bist nicht dumm. Du bist intelligent, cool, nett und hübsch."

Er entlockte mir ein Lächeln.

„Ich meine das ernst, Anny."

„Danke."

Jay lächelte, strich mir eine Haarsträhne hinters Ohr und legte seine Hand auf meinen Hals. Meine Beine wurden weich wie Pudding, und mein Herz pochte.

Ich blinzelte ein paar Mal und wollte etwas sagen. Er legte mir seinen Zeigefinger auf den Mund. Verblüfft blickte ich Jay an.

„Pssst, nichts sagen", hauchte er mir ins Ohr. Dann küsste er mich.

Ich riss meine Augen auf und konnte nicht fassen, was Jay da gerade tat. *Jay küsst mich ... auf meinen Mund ...*, schoss es mir durch den Kopf, und er küsste mich noch immer.

Für einen kurzen schönen Moment schloss ich meine Augen ... und genoss es.

„Im Half Soul House gibt es so viele hübsche Mädchen, doch keines ist so schön wie du, Anny", schmeichelte er mir und blickte mir dabei tief in die Augen.

„Eigentlich möchte ich gar keinen Freund."
Baff schaute mich Jay an.

„Aber so dachte ich vor einer Woche", kicherte ich. Ich legte meine Arme um seinen Hals, zusammen standen wir auf.

Jay umklammerte meinen Bauch, als Esabel, Leron und Clor hinter uns auftauchten. Sie erwischten uns gerade beim Küssen.

„Ooohhh Jay ...", grinste Leron.
Sofort liessen wir uns los. Verlegen kratzte sich Jay am Hinterkopf.

Esabel kam auf mich zu und hielt mich an den Schultern. „Woooow, Anny, du weisst schon, du hast soeben den heissesten Jungen des Half Soul Houses geküsst."

Ich fühlte mich ziemlich verwirrt, aber gut.

Clor unterbrach unsere romantische Stimmung
und bat Jay um ein Gespräch.
Lange diskutierten sie miteinander.
„Und? Seid ihr wieder Freunde?", fragte Leron.
„Ja, wir haben einen Deal gemacht und helfen uns
nun gegenseitig, wann immer wir uns brauchen."
Esabel und ich grinsten.
„Cool, und wie kommen wir jetzt nach San Diego?
Wir sind erst in der Mitte der Strecke", fragte
Esabel nach.
Clor überlegte, streckte seine Hand in den Himmel
und bewegte seine Finger. Durch die Bewegungen
der Wolken entstand eine Art Karte. Ein roter und
drei grüne Punkte waren darauf zu erkennen. „Wir
als Gruppe stellen den roten Punkt dar. Drei
Motorräder fahren auf uns zu. Das zeigt uns die
grünen Punkte."
„Oke, dann klauen wir ihnen die Motorräder",
schlug Jay vor.
Wir hatten nichts dagegen einzuwenden und liefen
die Strasse entlang.

14. Meine halbe Seele erwartet etwas von mir

Wir schmiedeten einen Plan, wie wir die Motorräder klauen könnten. Es dauerte nicht lange, bis die drei Motorradfahrer erschienen. Hinter einem grossen Stein versteckten wir uns. Kaum düsten sie an uns vorbei, schnipste Leron mit den Fingern. Ein Blitz schnellte auf die Fahrer zu. Dieser verursachte ein beachtliches Loch in der Strasse. Die Fahrer liessen sich davon aber nicht ablenken und rasten weiter. Esabel klatschte einmal in die Hände, wodurch es heftig zu winden begann. Die Fahrer fuhren ohne grössere Schwierigkeiten weiter. Danach klatschte Clor in seine Hände. Der Wind wurde um einiges stärker. Sie versuchten, so gut es ging, weiterzukommen. Leron schnipste erneut mit den Fingern. Blitze sausten ihnen entgegen, der Wind blies nicht mehr.

„Boah, die geben nicht auf", meckerte Leron.

Die Fahrer brausten langsam weiter.

„Dann übernimm ich das jetzt", brüstete sich Jay. Als er mit den Händen auf den Boden klatschte, entstand ein mittelschweres Erdbeben. Jay zeigte mit der Handfläche auf die Fahrer, und eine gigantische Erdwand erhob sich aus dem Boden. Die Wand versperrte den Fahrern den Weg.

Sie versuchten rückwärtszufahren.

„Jetzt du, Anny", sagten alle.

Ich wusste, was ich zu tun hatte. Meine Hand streckte ich zur Erdwand, die sofort Feuer fing. Die Fahrer erschraken. Ich ballte meine Hand zu einer Faust und schlug sie auf den Boden. Eine Feuerwelle brach hervor, die auf die Fahrer zurollte. Schleunigst sprangen sie von ihren Motorrädern, gerieten in Panik, kreischten und rannten um ihr Leben.

Wir nutzten die Gelegenheit und eilten zu den Motorrädern. Es waren wieder dieselben, nur alle in weiss. Die Feuerwelle verschwand, als sie gegen einen Felsen krachte. Jay stampfte kurz auf den Boden, und die Erdwand sank zurück in den Boden. Dann setzte er sich auf ein Motorrad und ich mich hinter ihn. Clor schnappte sich ebenfalls eines, Esabel nahm wieder hinter Leron Platz. Wir fuhren los, ich hielt mich an Jays Hüften fest.

Nach ein paar Stunden Fahrt erblickten wir endlich das Schild mit der Aufschrift ‚San Diego'. Wir jubelten und brausten über einen grossen Hügel. Als wir zuoberst ankamen, hatten die Motorräder keinen Saft mehr.

„Mist!", zischte Esabel.

Jay schaute sich um und zeigte nach vorne. Etwa zwei Kilometer von uns entfernt lag tatsächlich San Diego. Die Stadt schien sehr gross und interessant.

Wir stiegen von den Motorrädern, standen nebeneinander und bewunderten unser baldiges Ziel. Ein lauwarmer Wind blies uns ins Gesicht. Esabels sowie meine Haare wirbelten unkontrolliert herum.

„Jenseits, wir kommen", frohlockte Jay.

Ich musste lachen.

„Ja, wir sind bald da", freute sich auch Esabel, und wir flitzten den Hügel herunter.

„Das war die beste Woche ever", rief ich, und alle guckten mich fragend an.

„Im Ernst?", fragte mich Leron.

„Ja, ich habe Sachen erlebt, die ein normaler Mensch nie erleben könnte. Ich konnte gegen Monster kämpfen, meine Wut rauslassen und zeigen, was ich so drauf habe. Ich habe mein wahres Ich kennengelernt."

„Und du hast einen Freund …", schmunzelte Jay neben mir.

„Ja, der coolste und schönste Junge der Welt", lächelte ich verliebt.

„Und ich habe das tollste und hübscheste Mädchen der Welt."

Glücklich legte ich meinen Kopf auf seine Schulter. Liebevoll strich mir Jay durchs Haar.

„Leute, wir haben ein kleines Problem!"

„Und was für eines, Clor?", fragte ich stutzig.

„Wir wissen zwar, dass sich der Eingang ins Jenseits in San Diego befindet, aber wo genau in San Diego?"

Gegenseitig blickten wir uns an und dachten nach.

Ich musterte meine Hände. „Meine Hände sagen mir, dass sie es wissen." Ich wedelte mit ihnen, und sofort fingen sie Feuer.

Die anderen guckten von mir weg in Richtung Stadt. Meinen Blick richtete ich konzentriert auf meine brennenden Hände. Plötzlich sah ich eine Feuerwolke in der Luft herumwirbeln. Meine Hände brannten im Nu nicht mehr, die Feuerwolke verformte sich vor meinen Augen. Sie verwandelte sich in ein ‚N'. Zaghaft fasste ich es an. Das ‚N' verwandelte sich in einen Punkt. Als ich diesen berührte, wurde er zu einem ‚C'. Ich ging weiter und begab mich zu den anderen. Der Wind blies das ‚C' weg.

Wir standen alle beieinander, als vor uns eine Gestalt mit einem schwarzen Umhang und einer schwarzen Kapuze über dem Kopf erschien. Sie trug schwarze Lederstiefel mit kleinen Absätzen. Uns war klar, dass es ein Mädchen oder eine Frau sein musste. Sie versperrte uns den Weg, wir blieben etwa zehn Meter vor ihr stehen.
„Ihr fünf geht besser nicht nach San Diego", warnte sie uns.
„Wir müssen", entgegnete Clor.
Wir stimmten ihm zu.
„Aber ich lasse nicht zu, dass ihr ins Jenseits geht!", sprach sie laut und streng.

„Bist du eine Halbseelige?", fragte Esabel.

„Nein, nicht ganz."

Sie zog ihre Kapuze runter. Ihre Augen glänzten blauschwarz, ihre schwarzen Haare waren lang und ihre Hautfarbe unauffällig. Ich schätzte sie ebenfalls auf etwa 14 Jahre. Die Lippen hatte sie wie ihre Augenlider schwarz angemalt.

Es begann wieder zu winden.

Sie holte ein Messer aus ihrem Umhang und stand ernst und mit verschränkten Armen vor uns. „Ich bin eine Halbseelige, aber eine böse." Ihren Umhang zog sie aus. Sie trug ein schwarzes, bauchfreies Top darunter. Auf ihrem Bauch war ein schwarzrotes Symbol gut erkennbar. Es ähnelte einem grossen ‚U' mit einem ‚I' und ‚=' in der Mitte. Ihre schwarzen Jeans schienen leicht zu eng.

„Mein Name ist Meghan, Meghan Unarx. Ich bin eine Erdbändigerin und eine Wächterkriegerin." Sie kam immer näher auf uns zu. „Und ich darf euch nicht in die Stadt San Diego lassen."

„Warum nicht? Weisst du denn, wo der Eingang zum Jenseits ist?", wollte ich von ihr wissen.

„Niemand weiss das", erwiderte sie und schüttelte empört den Kopf. Meghan zeigte mit dem Messer auf mich. „Du bist diese Anny Brev mit den Feuerkräften, oder?"

Ich nickte, sie lachte nur. „Ich habe deine halbe Seele Ashley kürzlich kennengelernt. Ashley ist böse, sehr böse", zischte sie.

„Schön. Und jetzt hau ab!", forderte ich sie auf. Sie schubste mich, sodass ich zu Boden fiel. „Ich doch nicht!", brüllte sie.

Esabel, Jay, Clor und Leron holten ihre Waffen und gingen schnurstracks auf Meghan zu. Leron schwang seine Dolche gegen sie, doch sie wehrte sie mit ihrem Messer ab. Er verpasste ihr einen Tritt in den Bauch, Meghan wehrte sich mit all ihren Kräften. Sie kickte ihren Fuss in Lerons Gesicht, sodass er rückwärts stolperte. Clor und Jay stürmten auf Meghan zu. Sie schlang ihre Peitsche um Meghans Hände und fesselte sie. Clor packte sie an den Haaren und schnitt ihr in den Bauch, Jay mit seinem Messer in die Wange. Ich rammte mit voller Wucht meinen Ellbogen in ihren Bauch. Leron stand bereits wieder und stiess Meghan mitten auf die Strasse. Das Seil löste sich von ihren Händen, sodass Meghan ihre Handgelenke wieder frei bewegen konnte. Sie fiel auf ihr Gesicht, stand schnell und stinkwütend auf, warf ihr Messer in unsere Richtung und streifte damit Esabels Stirn und Clors Nasenspitze. Sie packte Clor an seiner Lederjacke und schmetterte ihn gegen Jay. Esabel verpasste ihr eine Ohrfeige.

Rasend vor Wut holte Esabel ihre Dolche aus dem Gurt und schwang sie gegen Meghan.

Sie wich aber aus, rollte über den Boden, ging in die Knie und packte Esabel an den Beinen.
Meghan stiess Esabels Beine nach hinten, worauf sie auf ihrem Gesicht landete. Nun packte Meghan Esabels Hände und entriss ihr die Dolche.
Sie stiess sie in Esabels rechte Hand. Esabel schrie.

Jay und Leron kochten vor Wut. Sie versuchten, Meghan zu bändigen, doch die packte beide an den Händen und schleuderte sie weg. Danach richtete Meghan ihren wütenden Blick auf mich. Esabel und die anderen Jungs standen zitterig auf. Sie trotteten neben mich. Ich hauchte Meghan an, worauf ihr Top zu brennen begann. Mit ihren Händen schlug sie auf die Flamme, sie erlosch.

Plötzlich erschien ein Feuer direkt vor unseren Füssen. Wir zuckten zusammen.
„Flammen!", rief Clor. „Anny, warst du …?"
„Nein, ich war es nicht! Schwarze Flammen! " Ich versuchte, ruhig zu wirken.
„Stimmt, schwarzes Feuer", sprach eine drohende Mädchenstimme.

Hinter Meghan stand eine Jugendliche. Sie hielt ein langes Schwert in der Hand, das so gross war wie ihr Oberschenkel. Es schien gebraucht und hatte Blutspritzer an der Kante. Das Mädchen trug eine schwarze Joggingjacke, schwarze Lederjeans und grauschwarze Stiefel mit winzigen Absätzen.

Meghan legte ihren Kopf nach links auf ihr
Schulterblatt, blickte uns finster an und trat auf die
Seite. Wir wichen ein paar Schritte zurück. Ich
erstarrte, und meine Augen wurden riesig.

Hinter Meghan stand meine Halbseele Ashley. Ihre
Hautfarbe war gleich wie meine, ihre Haare braun
und leicht gewellt. Sie war gleich gross wie ich und
sah genauso aus wie ich, nur dass ihre Augen
weiss waren und meine blausilbergrau. Ihre Haare
hatte sie zusammengebunden.

Ich zog vorsichtshalber ebenfalls mein Schwert
aus dem Gurt. Leron, Clor, Jay und Esabel wirkten
gefasst und bereit, sie hielten ihre Waffen fest in
ihren Händen.
„Ashley", murmelte ich.
Meine böse halbe Seele kam mir vor wie eine
Killerpuppe oder ein Killermädchen. Ashley blutete
an der Wange und am Hals. Ihre Joggingjacke war
mit Blut bekleckst und ihre Hose zerrissen. Ein
Auge war leicht angeschwollen und ihre Schminke
verschmiert. Sie blutete ebenso an der Lippe, und
ein grosser Schnitt, der vom Mund bis zum Ohr
ging, fiel mir sofort auf. Sie knurrte und zeigte uns
wütend ihre Zähne.
„Ist das deine böse halbe Seele, Anny?" Leron
schaute mich dabei skeptisch an.

Ich nickte. In diesem Moment stiess Ashley
Meghan weg.

Sie schlug mit dem Kopf gegen einen Baum und landete daraufhin in einem Gebüsch.

„Hallo Anny", sprach Ashley mit aggressiver Stimme und wandte sich mir zu. Langsam kam sie auf mich zu.

„Weisst du, wer ich bin?"

„Warum sollte ich das nicht wissen, Ashley?!"

Sie grinste böse und fuhr mit ihrem Zeigefinger über ihr Schwert. „Wenn ich richtig überlege, bin ich du …"

„Du bist nicht ich!", unterbrach ich sie und runzelte die Stirn.

„Was tust du hier?", mischte sich Esabel ein.

„Ich suche den Schlüssel zum Jenseits."

Ich verhielt mich zurückhaltend.

„Was für einen Schlüssel?", wollte Jay neugierig wissen.

„Den habt ihr!", entgegnete Ashley aufmüpfig.

Gegenseitig schauten wir uns an und schüttelten den Kopf. „Nein, wir haben keinen Schlüssel", erwiderte Leron.

„Ihr habt ihn schon die ganze Zeit bei euch!" Mit Kulleraugen, die sich in meine bohrten, blickte sie mich an.

„Ich denke, wir wüssten, wenn wir einen Schlüssel bei uns hätten. Wir wissen nicht einmal, wo der Eingang zum Jenseits ist!", sagte Clor.

„Ihr wisst es zwar nicht, aber Anny weiss es."

Dabei schaute mich Ashley erwartungsvoll an.

„Was? Ich?"

„Ja, du!!" Ashley deutete mit ihrem Schwert auf mich.

Ich zog alle Blicke auf mich. „Aber ich habe keinen Schlüssel bei mir. Ich verstehe wirklich nicht, was du meinst!"
Ahnungslos zuckte ich mit den Schultern.

Ashley stand empört vor mir, atmete tief ein und aus und deutete mit dem Finger auf meine Brust. „Deine Kraft ist der Schlüssel", fauchte sie.
Ich war verblüfft. „Meine Kraft?"
„Ja, Feuer ist der Schlüssel", antwortete Ashley und verpasste mir frech eine Ohrfeige.
Meine Wange wurde rot, und vor Wut stand mir der Mund weit offen.

Meghan stand wackelig neben Ashley. „Mann, geh weg!!", knurrte Ashley und gab Meghan einen zünftigen Seitenhieb. Sie verlor das Gleichgewicht und schlitterte über den Boden. Ashley steckte wütend ihr Schwert in die Erde.
„Ich habe von all dem keine Ahnung!!"
„Aber ich!", entgegnete Ashley und sah mich dabei böse an. „Das Einzige, was du tun musst, ist, eine Feuerwolke auf deiner Hand zu erzeugen. Mehr nicht!" Ashley stemmte ihre Hände in die Hüften.
Ich schmorte und überlegte.

Ashley zog das Schwert aus dem Boden. „So, und jetzt möchte ich sehen, wie du mir den Weg zum Eingang des Jenseits zeigst. Zumindest bist du ein Teil von mir, oder?"
„Besser gesagt, du bist ein Teil von mir!!", fluchte ich.

Ashley fuhr zusammen. „Du bist aus meinem Körper geflohen, nicht ich aus deinem!!"
Sie verschränkte die Arme und blickte auf den Boden.
„Warum ist es DIR nicht möglich, eine Feuerwolke zu erzeugen?", mischte sich Jay ein.
„Ich habe dunkles Feuer, und Anny hat das starke und mächtige Feuer. Ihr Feuer ist um einiges stärker als meines. Das Jenseits ist aus ihrem Feuer entstanden, und dieses Feuer beherrscht nur Anny. Man sagt, dass ihre Mom oder besser gesagt UNSERE Mom …"
„MEINE Mom!!", unterbrach ich sie.
„Oke, man sagt, dass Annys Mom das Jenseits mit Annys Kraft baute. Deine Mom gab dir die Macht, um dich und die Kraft Feuer zu schützen. Du bist sozusagen die Auserwählte der Halbseeligen, denn nur du beherrschst die Kraft Feuer, Anny. Ich kann dein Feuer nicht beherrschen. Ich regiere einzig das dunkle Feuer, und das ist anders."

Ich war sprachlos.

Ashley guckte zum Himmel. „Niemand hat damit gerechnet, dass deine böse halbe Seele, also ich, zum Leben erwacht. Das liegt daran, dass deine Kraft zu mächtig ist. Deine Kraft, eben die Kraft Feuer, hat mich erschaffen und mir selber Kräfte verliehen. Sie ist noch immer stärker als meine."
„Und da das Jenseits durch meine Kraft entstanden ist, weist die Kraft Feuer den Weg zum Jenseits."

„Bingo!" Ashley lächelte.

„Wow!" Mehr konnte ich momentan nicht dazu sagen.

„Und jetzt erzeuge eine Feuerwolke!", forderte mich Ashley auf.

„Ich versuche es", sagte ich laut und flüsterte anschliessend Jay, Clor und Leron zu: „Jungs, bitte lenkt Ashley ab! Esabel wird auf dem Handy den Weg zum Jenseits suchen."

Die Jungs begannen, Ashley zu attackieren. Esabel und ich rannten ein paar Meter von ihnen weg, Esabel nahm ihr Handy in die Hand. „Oke, los Anny, ich bin bereit!"

Meine Hand ballte ich zu einer Faust.

Ich öffnete sie wieder, und eine Feuerwolke schwebte vor mir hin und her. „Etwas kannst du schon einmal eingeben."

„Und was?"

„‚NC'. Mehr weiss ich noch nicht." Ich bestaunte die vor mir hin und her schwebende Wolke.

„Woher weisst du das?", fragte mich Esabel.

„Ich habe vorhin aus Versehen bereits eine Feuerwolke erzeugt. Sie formte sich zu einem ‚N' und dann zu einem ‚C'."

Esabel tippte ‚NC' in ihr Handy ein.

Die Wolke verformte sich zu einem ‚E'. Als ich mit meiner Hand wedelte, verwandelte sich das ‚E' wieder in ein ‚N'. Erneut bewegte ich hastig meine Hand, aus dem ‚N' wurde ein ‚T'.

Unruhig schnippte ich mit meinen Fingern.

Clor flog über meinen Kopf hinweg. Hart und ziemlich unsanft landete er auf dem Boden. Sofort kümmerten wir uns um ihn.
„Clor, alles oke?", fragte Esabel besorgt.
„Boah, ist die gut!", meinte er ausser Atem und stand mit wackeligen Beinen auf.

Ich blickte kurz zu Ashley rüber. In diesem Moment schlug sie Jay wuchtig ins Gesicht, worauf dieser auf Leron fiel.
„Anny, mach weiter!", flehte Esabel.
Ich versuchte, mich ruhig zu verhalten, schaute zur Wolke und berührte sie. Sofort verformte sie sich zu einem ‚E'. Als ich sie nochmals anfasste, verwandelte sie sich in ein ‚R'. Esabel notierte jeden Buchstaben.
Ich wollte erneut zur Wolke greifen, doch in diesem Moment verschwand sie.
„NCENTER. Moment mal ... Nord Center!", meinte Esabel zögerlich, als ich mich ihr zuwandte.
Mir ging ein Licht auf. „Ja, stimmt."

Ashley hörte dies und rannte wie eine Furie mit ihrem Schwert auf uns los. Esabel und ich warfen uns besorgte Blicke zu. „Esabel, hol du Jay, Leron und Clor! Ich kümmere mich um sie!", rief ich, und sie eilte zu den Jungs.

Ashley schwang ihr Schwert gegen meinen Kopf.

Im letzten Augenblick konnte ich ausweichen. Ihr Schwert bohrte sich in den Boden. Sie riss es sofort wieder raus, und wie eine Verrückte schwang sie es mehrmals gegen mich. Es gelang mir immer wieder auszuweichen, und ich schaffte es, ihren Arm zu packen.

In dem Moment, als ich ihn umdrehen wollte, glückte es ihr, mich wegzuschubsen. Ich schnitt mir die Hand an ihrem Schwert auf und stolperte rückwärts. Ashley verletzte mich mit ihrem Schwert am Bauch. Aus Reflex kickte ich in ihren Bauch. Mit starken Bauchschmerzen stürmte ich auf sie los. Mein Schwert stach ich in ihren Fuss und schlug ihr kräftig ins Gesicht. Ashley hauchte mich an, eine schwarze Feuerwolke schwebte auf mein Gesicht zu. Ich hielt meine Hände vor meine Augen und kniff meine Finger zusammen. Immerhin spürte ich keine Schmerzen mehr.

Ashley schrie. Ich nahm meine Hände von meinen Augen und sah, wie Ashleys Schwert und ihre Hände brannten.
Baff starrte ich auf meine Hände.

Sie schwang ihr Schwert gegen mich und traf mich diesmal an der Stirn. Ich stürzte nochmals. Mein Körper schmerzte wieder. Ashley rammte wütend ihr Schwert in den Boden. Dunkle Feuerwellen mit schwarzen Flammen sausten auf mich zu. Meine Lederjacke fing Feuer.

Als ich meine Hände auf den Boden knallte, brannte meine Jacke nicht mehr. Die schwarzen Wellen erstarrten. Sie verfärbten sich knallrot-orange und brausten auf Ashley zu. Die Wellen prasselten auf sie ein. Sie schrie. Ich stand ausser Atem da und ging langsam zu ihr.

Lächelnd stupste ich mit meinem Schwert ihren Arm an, ihre Kleider fingen sofort Feuer. Wutentbrannt schaute sie mich an, riss mir mein Schwert aus der Hand und warf es gegen Esabel.

Leron stand genau am richtigen Ort, um es aufzufangen. Ohne nur einen kurzen Augenblick zu zögern, stürzte sich Ashley auf mich. Ich konnte nicht mehr rechtzeitig reagieren und schon lag ich am Boden. Sie schlug und kratzte mich. Tapfer wehrte ich mich und gab ihr all ihre Hiebe zurück. Was für ein Biest! Sie biss mir in die Schulter und verpasste mir eine grobe Ohrfeige.

Vor Schmerz wurde mein Kopf rot wie ein Pavian-arsch. Das war definitiv des Guten zu viel. Ich packte sie an einer Hand, schlug ihr mit voller Wucht ins Gesicht, stand auf, fasste sie an beiden Händen und schmetterte sie von mir weg. Sie schlitterte über den Boden.
Die anderen vier rannten aufgeregt zu mir. „Ich weiss, wo das Nord Center ist", sagte Leron nervös.
Ich fühlte mich einen kurzen Moment erleichtert.

Doch an Aufatmen war nicht zu denken. Ashley tauchte wütend hinter Leron auf. In der Hand hielt sie eine brennende schwarze Peitsche und schlug damit auf den Boden. Ihr Schwert lag geschmolzen vor uns.

Schleunigst machten wir uns aus dem Staub und hetzten in Richtung San Diego. Ashley eilte uns hinterher. Immer wieder hörten wir sie peitschen. Leron schaffte es, mir mein Schwert zurückzugeben.
„STOPPT UND KOMMT VERDAMMT NOCH MAL HIERHER!!!", brüllte Ashley.

Doch wir ignorierten sie und waren schneller als sie.

15. Hallo Jenseits

Endlich erreichten wir San Diego. Ashley rannte uns immer noch hinterher. Menschen blickten uns merkwürdig an. Leron rannte zuvorderst.

Ashley warf uns alles zu, was ihr in die Finger kam, auch ein Fahrrad. Sie schrie uns an, und ich konnte nicht fassen, dass DIE früher in meinem Körper war!! Ihre Peitsche traf Lerons Bein, was einen unschönen Abdruck zur Folge hatte.
„Alter, was soll das?!", brüllte er mit schmerzverzerrtem Gesicht.
Böse fauchte sie ihn an.

Als wir über die Strasse rannten, rammte mich beinahe ein Auto. Doch ich hatte Glück.
„Hört, ich hab eine Idee!", rief Esabel und eilte zu einem Auto, schlug das Fenster ein und kletterte hinein. Den Fahrer warf sie kurzerhand raus und trat aufs Gaspedal.
Wir anderen eilten weiter und sausten über eine Brücke. Leron, Clor, Jay und ich blieben in der Brückenmitte stehen und entdeckten Ashley am Anfang der Brücke. Sie schlang ihre Peitsche um eine Strassenlampe und riss sie aus dem Boden. Nun schwang sie die Peitsche mitsamt der Lampe auf uns zu. Gerade noch rechtzeitig konnten wir zur Seite springen. Die Lampe donnerte hinter uns auf den Brückenboden.

Ashley liess ihre Peitsche direkt auf mich zusausen, das brennende Seil fesselte mein Handgelenk und brannte sich in meine Haut.

Als Ashley ihre Peitsche zurückzog, fiel ich auf mein Gesicht. Mit meinen Händen versuchte ich, meinen Kopf vor weiteren Peitschattacken zu schützen. Ich schaffte es, das Seil zu ergreifen. Ashley erschrak, und ich war so was von stinksauer. „Mein Blut fliesst zwar in deinen Adern! Aber du wirst nie meine Schwester sein und nie zu meiner Familie gehören!!" Ich presste meine Hand zusammen, das schwarze Feuer am Seil verfärbte sich rotorange.
Ashley liess ihre Peitsche fallen. „SPINNST DU?!", kreischte sie und zeigte mir ihre brennende Hand.

Schwarze Feuerbälle sausten mir entgegen. Jay und Leron zogen mich von den Flammen weg. Es dauerte nicht lange, bis die Brücke Feuer fing.

Ängstlich blickten wir uns um.

Unter unseren Füssen vernahmen wir ein Knacken. Etwa 500 Meter unter der Brücke lag die Autobahn.
„SCHANDE!!", schrie Clor.
„Wir stürzen ab!", rief Leron.
Ashley stampfte heftig auf den Brückenboden.
Vor uns erschien eine schwarze, brennende und etwa fünf Meter hohe Feuerwand.

Wir konnten nicht mehr weiter.

„Nein!!", zischte ich.

Ashleys Augen zuckten.

„Was willst du damit erreichen, Ashley?"

„Weltherrschaft!! Krieg!! Königin der bösen
Halbseeligen! Ich möchte alle guten Halbseeligen
töten!!! DAS IST MEIN ZIEL!!!"

Ihr Blick war aggressiv und wie ihr Lachen sehr
böse.

Das Knacken der Brücke wurde immer heftiger. Ich
wusste nicht weiter. Auch die drei Jungs hatten
keinen Plan. *Wo ist Esabel*? Ashley wollte soeben
wütend auf uns losstürmen, als Esabel aus dem
Nichts im Auto heranbrauste. Mit voller Wucht
rammte sie Ashley. Sie flog über unsere Köpfe
hinweg, weiter über die brennende Wand, auf
einen Baum, und von da fiel sie runter. Esabel
stieg locker aus dem Auto. „Na? Wie fandet ihr
meine Idee?"

„Genial!!", entgegnete ich kurz und hielt sie dabei
an den Schultern.

Sie lächelte stolz. Am Boden wälzte sich Ashley,
während es unter unseren Füssen noch stärker
rüttelte.

„Wir müssen schnellstens weg!!", rief Leron.

Wir rannten zur grossen, schwarzen, brennenden
Wand.

„Meine Kraft ist mächtiger als ihre!", sagte ich
bestimmt. Meine Hand richtete ich gegen die
Wand und ballte sie zu einer Faust.

Die schwarze Wand verfärbte sich langsam rotorange. Es wurde anstrengender.

Plötzlich gab es einen lauten Knall, die Wand explodierte. Flammen schwirrten durch die Luft und die Brücke schien demnächst einzustürzen.

Wir spurteten ans Brückenende.
„SPRINGEN!!!", schrie Jay.
Mit kurzem Anlauf sprangen wir runter.

Ich spürte keinen Boden mehr unter meinen Füssen, sondern nur noch Luft. Ich konnte mich nirgends festhalten und schloss meine Augen. Mit meiner Hand streifte ich die Erde und dachte, demnächst sterben zu müssen. In diesem Moment packte jemand meine Hand und hielt mich fest. Ich fiel nicht weiter in die Tiefe und fühlte mich gerettet. Als ich meine Augen öffnete, blickte ich meinem Retter in die Augen. „JAY! Gott sei Dank, danke!"

Leron hielt Jay am Handgelenk fest, Clor Leron am Arm und Esabel Clor ebenfalls am Handgelenk. Mit der anderen Hand hielt sie sich an ihrem Peitschengriff fest. Das Seil der Peitsche hatte sie um einen dicken Baum gewickelt.
„Esabel, zieh uns hoch!!!", brüllte Clor.
Sie nahm all ihre Kraft zusammen und zog sich selbst zuerst nach oben.

Langsam wurden wir von ihr hochgehievt. Schon bald zog mich Jay aufs sichere Land. Esabel, Leron und Clor halfen ihm dabei.

Als meine Knie endlich den Boden berührten, atmete ich tief durch. „Oh mein Gott, das war schlimm!"
„Doch wir haben alle überlebt", freute sich Esabel.
„Ja, das haben wir", lächelte ich erleichtert.
Dankbar blickte ich Jay an. Er streckte mir hilfsbereit seine Hand entgegen und half mir aufzustehen. Vor Dankbarkeit und Erleichterung umarmte ich ihn.
„Danke Jay", hauchte ich ihm ins Ohr, drückte ihn fest an mich und er mich an sich.
„Jay, ich bekomme kaum Luft!", wisperte ich.
Bevor er mich ganz losliess, küssten wir uns.

Bewusstlos lag Ashley am Boden, aber leider lebte sie noch. Doch irgendwie hatte sie recht.

Auf irgendeine Weise ist sie meine Schwester. Zumindest haben wir das gleiche Blut, dieselben Adern, das gleiche Herz, und sie trägt eine Hälfte meiner Seele und ich die andere.

Ich kniff meine Augen zusammen und rammte ihr mein Schwert in die Schulter. Zu fünft liefen wir davon.

Nach einer Stunde erreichten wir das Nord Center.

Es ist zweistöckig, hellbraun, alt, kaputt, und in der Umgebung stank es nach verfaulten Bananen. Die Fenster waren eingeschlagen, Scherben lagen zerstreut vor dem Eingang. Die Tür schien herausgerissen worden zu sein.

Das Gebäude wirkte unbewohnt.
Keine Menschen shoppten hier, es war still. Wir waren die Einzigen in der Gegend und begaben uns zum Eingang. Misstrauisch schauten wir rein. Niemand war zu sehen. Wir traten ein, es war stockdunkel.
„Anny, wie wäre es mit Licht?", fragte Leron.
Ich schnipste mit den Fingern. Ein Feuerball entwich meiner Hand und beleuchtete den Raum. Mir wurde kalt, und es schauderte mich, denn links und rechts lagen Skelette teils übereinander.

Immer wieder standen wir auf Knochen und mussten aufpassen, nicht in Blutpfützen zu treten. Es stank fürchterlich nach Leichen.
„Und das soll ein Center sein?", fragte ich.
„Ja, ein Leichencenter", kicherte Clor.
Ich verzog mein Gesicht. Esabel und ich liefen dicht nebeneinander.
„Leute, ich glaube, ich sehe den Eingang zum Jenseits", frohlockte Jay und zeigte auf einen Kleiderschrank.

Als Leron ihn öffnete, fielen zwei Skelette auf ihn.
„Igitt!", schrie er und schüttelte sie von sich runter.

Esabel lachte, Leron knallte die Schranktür auf der Stelle lautstark zu.

Wir hörten Schritte ...

Unsere Waffen hielten wir bereit und drehten uns um. Eine schlanke Frau stand hinter uns. „Steckt eure Waffen zurück in eure Gurte, Halbseelige."
„Sie wissen, dass wir ...?"
„Ich bin auch halbseelig", unterbrach sie mich.

Ihre Haare waren schwarz und ihre Augen goldgrün. Sie war ein Mischling aus Japanerin und westlicher Herkunft, trug ein violettes Top mit weissen Hotpants, graue Schuhe mit hohen Absätzen, einen Gurt voller Waffen und hielt eine goldene Lanze in der Hand. Sie war sehr hell-häutig.

„Was tut ihr hier?", fragte sie.
„Wir müssen ins Jenseits und haben dort mit den zwei Wächterinnen zu reden ... und zwar dringend", entgegnete Clor unruhig.
„Nicht so eilig. Ich kann euch helfen, ins Jenseits zu kommen, da ich eine der beiden Wächterinnen bin."
Wir waren sprachlos. „Sie? Und wie heissen Sie?", fragte Jay.
„Mein Name ist Lashya Gesthree. Ich bin eine Wasserbändigerin." Sie lächelte und wir zurück, nur Clor blickte sie ernst an.

„Wo ist Ihr Symbol?", erkundigte sich Leron.
Lashya drehte uns den Rücken zu und hob ihr
Top. Ihr Zeichen war goldschwarz und ähnelte
einem grossen ‚G' mit einem grossen ‚T' in der
Mitte. Ein ‚-' ging durch die beiden Buchstaben.

„So, jetzt kommt. Wir reden im Jenseits weiter.
Dort treffen wir meine Kollegin." Lashya ging zum
Schrank.
„Hier ist aber kein Eingang, denn auf mich fielen
vorhin zwei Skelette ... ", meinte Leron und stellte
sich neben sie hin.
„Doch, es ist der Eingang, Monsieur." Sie
schmunzelte und öffnete die Türe. Vor uns lag kein
einziges Skelett mehr, sondern ein langer schwar-
zer Gang. „Kommt!", forderte uns Lashya auf und
deutete mit ihrer Lanze in den Schrank.

Wir traten ein und liefen den Gang entlang. Sie
kam hinterher, und bald begann es, vor unseren
Augen grell zu leuchten. Ich blinzelte und lief
weiter. Lashya tippte mir auf die Schulter. Vor
meinen Augen lag eine andere Welt. Es sah
ähnlich aus wie bei uns, nur dass das Gras blasser
und der Himmel grauer war.

Da war ein grosses Quartier mit vielen Häusern.
Auf beiden Seiten Menschen, die beinahe unsicht-
bar waren und an uns vorbeiliefen oder in die
Häuser rein- oder rausgingen.

„Wer sind die?", fragte Esabel und deutete auf eine Person.

„Das sind die bösen halben Seelen von den guten Halbseeligen", antwortete Lashya und blickte die mysteriösen Personen an. „Und willkommen im Jenseits!"

Wir liefen los. Das Gras fühlte sich feucht an. Es matschte, wenn man aufs Gras trat. Ich beobachtete die bösen halben Seelen.

Ihre Augen waren schwarz, sie glichen Zombies, nur dass man sie kaum sah. Ich fühlte mich sehr unwohl. Wir gingen geradeaus.

Nach ein paar Minuten erreichten wir eine gigantische, eher moderne Burg. Sie war umgeben von einer grossen, dichten, langen und grauen Ziegelmauer. In der Mauermitte fiel ein grosses Holztor auf. Lashya öffnete es. Wir traten in einen grossen Raum. Links und rechts hingen verschiedene Bilder. Der Boden war aus Holz und die Wand aus Ziegeln. Vor uns befand sich ein langer Gang mit vielen Türen auf beiden Seiten. Wir gingen zwei Holztreppen hoch, die uns in die zweite Etage führten. Da sah alles gleich aus. Lashya öffnete auf der linken Seite eine Tür und ging mit uns in einen riesengrossen Raum.

Wir waren fassungslos.

In der Mitte fanden wir zwei Chefstühle und einen Glastisch vor. Auf dem einen Stuhl sass eine Frau. Ihre Haare waren braun, leicht gewellt und gingen bis zur Brust. Die Hautfarbe war dieselbe wie meine. Sie trug ein rotes Top, graue Hotpants sowie schwarze Schuhe mit hohen Absätzen und war in ihr Handy vertieft.
„Temisa, wir haben Besuch."

Als Lashya den Namen Temisa erwähnte, kam mir dieser irgendwie bekannt vor.

Temisa blickte Lashya und uns mit glänzenden, silberblauen Augen fragend an. „Wer sind die? Das sind keine bösen halben Seelen, oder?"
„Nein, das sind gute Halbseelige, so wie wir."
Lashya lächelte dabei, Temisa schien es zu verstehen.
Wir schmunzelten.
„Und was tut ihr hier?", fragte Temisa und stand auf.
Ich schluckte leer.
„Wir müssen euch etwas sehr Wichtiges mitteilen", antwortete Esabel.
Lashya stellte sich neben Temisa. „Und was müsst ihr uns sagen?"
„Sag es, Anny!", zischte Clor leise, und ich schlug ihm kurz auf den Arm.
„Das geht nicht so einfach, wie du denkst!", flüsterte ich ziemlich genervt zurück.
Clor rieb sich den Arm.

Meinen Blick richtete ich auf Temisa und Lashya.
„Es geht u..um m..mich", stotterte ich und machte
sie noch neugieriger.
„Genauer gesagt geht es um meine böse halbe
Seele, die vor einer Woche aus meinem Körper
gewichen ist."
Temisa und Lashya schauten mich skeptisch an.
„Sie sollte sich im Jenseits befinden, aber ... "
„Jede böse halbe Seele von guten Halbseeligen
flüchtet ins Jenseits", unterbrach mich Lashya.
„Ja schon, aber meine ist nicht im Jenseits."

Temisa und Lashya erstarrten.

„Sie ist in der echten Welt geblieben."
Lashya flüsterte Temisa ein paar unverständliche
Worte zu. „Anny, könntest du bitte die Türe
schliessen?", bat mich Temisa freundlich.

Meine Haare strich ich so gut wie möglich von
meinen Schultern, sodass mein Nacken gut zu
sehen war. Dann schloss ich die Tür hinter mir.
Temisa stand sehr nahe bei mir und schaute mich
mit grossen Augen an. „Dreh dich bitte um, Anny!"
Ich runzelte die Stirn. „Die Tür habe ich doch
zugem…"

Temisa packte mich an den Schultern und drehte
mich um. Sie strich mir die kleinen, feinen Haare
aus dem Nacken. Ihr Blick versteinerte sich schlagartig.

„Oh Gott!", sprach sie leise und fuhr mit den Fingern über mein Symbol.

Ich wandte mich ihr zu. Temisa presste sich die Hände auf den Mund.

„Was?"

Sie drehte sich mit dem Rücken zu mir und wischte sich ihre Haare aus dem Nacken.

Das gleiche Symbol wie meines war deutlich zu erkennen. Es war ein schwarzes ‚B' mit einem eingemitteten ‚!'. Ein ‚=' ging durch die Mitte.

Temisa kehrte sich wieder zu mir um und schaute mir tief in die Augen. „Anny?"

Ich bekam wässerige Augen. „Mom ... "

16. Wachen werden freigelassen

Ein Lächeln huschte über mein Gesicht, und wir umarmten uns lange und warmherzig. „Mom, du weisst nicht, wie sehr ich dich in diesen 14 Jahren vermisst habe."

Liebevoll strich sie mir durchs Haar und drückte mich herzlich an sich. „Und ich dich erst!" Wir bemerkten die anderen hinter uns erst jetzt.

„Lashya, das ist meine Tochter!"

„Ernsthaft?"

Mom nickte, und ich liess sie ungern los. Sie wandte sich wieder mir zu. „Wie gross du bist, so reif und schön."

„Ja, Anny ist bildhübsch", bemerkte Jay und strahlte mich an.

„Ähm, Mom, das ist mein Freund Jay."

Jay trat neben mich und reichte Mom freundlich die Hand. Meine Mom streckte ihm ebenfalls freundschaftlich die Hand entgegen. Jay lächelte.

„Nett, Sie kennenzulernen. Mein Name ist Jay, Jay Mershon. Ich bin ein Erdbändiger."

Mom musste kichern.

„Schön, aber jetzt zurück zum Thema. Wo ist denn jetzt deine böse halbe Seele?", mischte sich Lashya aufdringlich ein.

Temisa ging selbstbewusst auf Lashya zu.

Leron, Esabel und Clor standen bereits neben Jay und mir.

„Wir haben Annys böse halbe Seele kürzlich in San Diego gesehen und gegen sie gekämpft", entgegnete Leron.

„Aber man sieht die bösen halben Seelen nicht. Man kann sie nur hier im Jenseits sehen", erläuterte Mom.

„Stimmt, aber meine böse halbe Seele ist lebendig", sagte ich kleinlaut.

Lashya und meine Mom waren fassungslos.

„Sie lebt?", fragten beide gleichzeitig, und wir nickten.

„Moment mal, ich sollte ein paar Fotos auf meinem Handy haben", sagte Esabel und zeigte sie den beiden Wächterinnen.

„Wann hast du diese Fotos geschossen?", fragte Clor.

„Als ich nichts zu tun hatte." Esabel grinste dabei und zeigte ein Bild, auf dem ich gegen Ashley kämpfte.

„Meine böse halbe Seele heisst Ashley, Ashley Brev", erzählte ich weiter.

Mom verzog ihr Gesicht. „Aber das kann nicht sein. Wenn die böse halbe Seele eines Halbseeligen aus dessen Körper weicht, wird sie nicht lebendig, und man sieht sie auch nicht."

„Meine schon. Anscheinend ist meine Kraft, also die Feuerkraft, aussergewöhnlich mächtig und konnte meine halbe Seele lebendig machen und ihr dazu noch Kraft verleihen." Ich zuckte mit den Schultern.

„Welche Kraft hat denn diese Ashley?", wollte Lashya wissen.

„Dunkles Feuer", erwiderte Esabel und steckte ihr Handy zurück in ihre Hosentasche.

„Sie ist extrem böse. Ashley wäre die Einzige, die alle bösen halben Seelen in böse Halbseelige umwandeln könnte. Sie würden dann lebendig ... so wie stinknormale Menschen. Darum mussten wir von New Jersey bis hierher nach San Diego reisen und euch warnen", erklärte Leron.

Wir anderen stimmten ihm zu. „Wenn Ashley nur einen einzigen Tritt ins Jenseits macht, sind wir am Ende", bemerkte ich.

Lashya und Mom blickten sich gegenseitig besorgt an. „Dann müssen wir Wachen freilassen, die den Eingang zum Jenseits bewachen. Wollt ihr in den Wachenraum mitkommen?"

Wir waren sofort einverstanden. Mom rannte zur Tür und wir hinterher. Wir eilten die Treppe runter und den langen Flur entlang. Als Mom die zweit- letzte Tür öffnen wollte, sprach ich sie auf ihren Brief an.

„Und kannst du mir sagen, warum du nie bei mir warst?"

„Ich habe doch geschrieben, dass es um meinen Job geht. Es ist meine Aufgabe, die bösen halben Seelen im Jenseits zu bewachen. Ich durfte und konnte nicht bei dir sein, sonst würden die bösen halben Seelen einen Unsinn anstellen und die Menschen und uns Halbseeligen angreifen. Ich darf nicht mehr als zehnmal im Jahr aus dem Jenseits raus. Verstehst du mich?", seufzte Mom.

Ich versuchte zu begreifen.

Im Gang war es sehr dunkel.

„Welche Kraft haben Sie?", fragte Esabel.

„Blitzkräfte", entgegnete Mom.

„Yeay, endlich hat auch mal jemand Blitzkräfte", jubelte Leron.

„Wie geht es deinem Dad?", fragte Mom mich schmunzelnd.

Meine Augen füllten sich sofort mit Wasser. Traurig guckte ich auf den Boden. „Er ist tot."

„Nicht dein Ernst?", fuhr Mom zusammen.

„Doch, er wurde von einem Soulkiller getötet, aber meine böse halbe Seele hatte den Soulkiller zuvor beauftragt, mich zu killen", sagte ich mit niedergeschlagener Stimme.

Mom nahm mich tröstend in die Arme. „Das tut mir sehr leid, Anny." Langsam liess sie mich los, versuchte mich abzulenken und wandte sich Jay zu.

„Wie lange seid ihr schon zusammen?"
„Seit heute Morgen", schmunzelte Jay.

Ich konnte wieder lachen. „Stimmt, seit heute Morgen beim Sonnenaufgang."

Mom zog die Augenbrauen hoch. „Das ist ja süss. Und jetzt erzählt mir bitte, was ihr auf eurer Reise erlebt habt."

Mom fand das sehr spannend und hörte uns gerne zu. Ich spürte, wie sie Clor auch nicht mochte. Und umgekehrt war es, glaube ich, nicht anders. Das fand ich irgendwie lustig.

Bald erreichten wir die letzte Türe.
„Willkommen im Wachenraum", sprach Mom angespannt. Sie wich einen Schritt zurück, sodass wir eintreten konnten. Wir waren baff.

Links, rechts und vor uns standen Männer. Sie trugen silberne Rüstungen, und jeder hielt eine Waffe in der Hand. Jede Waffe sah anders aus. Die Männer standen still neben uns. An der Decke leuchtete schwach eine Lampe. „Das sind alles halbseelige Männer. Jeder hat eine halbe Seele, eine spezielle Kraft und ist hyperaktiv", erklärte Mom.

Wir liefen ihr hinterher, und jeder, der uns im Weg stand, wich uns aus und liess uns durch.

In der Raummitte blieben wir stehen.
Die Wachen bildeten einen Kreis um uns herum.
Wir standen hinter Mom. Zwei Wachen stellten
einen kleinen Tisch auf den Boden und halfen
Mom auf den Tisch. Wir blieben am Boden direkt
hinter Mom stehen.
„Wachen!!", rief Mom laut.
„Ja, Chefin?!", lärmten sie zurück.
Mom richtete ihren Blick auf die Wachen. „Es ist
etwas Schlimmes passiert. Die böse halbe Seele
meiner Tochter ist lebendig geworden!!"

Alle Wachen waren mucksmäuschenstill.

„Die Seele will ins Jenseits kommen und alle
anderen bösen halben Seelen lebendig machen.
Aber das lassen wir nicht zu, oder?!"
„Ja!", brüllten alle Wachen auf Kommando.
„Gut ... Frage: Wie viele Wachen befinden sich
zurzeit im Wachenraum?"
„238, Miss!", rief eine Wache zurück.
„Oke, 34 Wachen gehen jetzt in die echte Welt und
beschützen den Eingang zum Jenseits. Morgen
wechseln wir mit 34 anderen Wachen, und das
eine Woche lang. In einer Woche kommen wieder
die gleichen dran wie heute. Verstanden?"
„Ja, Miss!!", schrien alle Wachen.

Moms Blick wanderte zu mir. Sie streckte mir die
Hand entgegen. Ich griff danach, und sie zog mich
auf den Tisch.

„Das ist meine Tochter, Anny Brev, und ich will ein lautes und klares ‚JA' hören! Habe ich recht, Anny?"

Ich nickte kurz.

„Also, helft ihr meiner Tochter?!"

„Ja!!!", schrien alle Wachen.

Ich musste leicht schmunzeln.

Mom hielt mich um die Schultern und hob ihr Messer in die Luft. „Ich höre euch nicht!", brüllte sie.

„JA, WIR HELFEN ANNY!!!"

Meine Mom schien sehr stolz zu sein und sah mich freudig an. „Zufrieden?"

Mir fehlten beinahe die Worte. „Danke Mom, ja, mehr als zufrieden."

Mom lächelte.

„Los geht's!!", rief sie und zeigte mit dem Messer auf die Wachen.

Die Wachen begannen sich zu besprechen und bald standen 34 Wachen vor dem Tisch.

„Wir sind bereit, Miss."

„Gut, dann geht in die echte Welt."

Sie marschierten aus dem Raum. Mom und ich sprangen vom Tisch und lächelten die 34 Wachen glücklich an.

Ich holte mein Handy aus der Hosentasche.

„Mom, darf ich bitte deine Handynummer haben? Du weisst schon, wenn ich einmal deine Hilfe brauche, kann ich dir nur schreiben oder dich anrufen."

Wir tauschten unsere Handynummern aus, verliessen den Wachenraum und schlenderten zurück zu Lashya, die vor der Eingangstüre auf uns wartete. „Ihr müsst jetzt leider gehen", sagte Mom und schaute uns fünf betrübt an.

Ich war enttäuscht. Seufzend umarmte ich Mom.
„Du schreibst mir bald, oder?"
„Sicher."
„Ich liebe dich, Mom."
„Ich dich auch, Anny."
Mom drückte mir einen Kuss auf die Stirn, und wir verabschiedeten uns von ihr.

Wir verliessen die Burg.

Lashya führte uns zurück zu einem Schrank, der mitten im Land stand. „Danke für die wichtige Information", bedankte sie sich und holte Geld aus ihrer Hosentasche. „Das könnt ihr für einen Flug nach Hause gebrauchen."

Sie drückte mir 2000 Dollar in die Hände, und ich bedankte mich herzlich dafür. Wir traten in den Schrank, liefen den Gang entlang und verliessen ihn auf der anderen Seite nach kurzer Zeit wieder.

„Wooow!! Ich habe meine MOM gesehen!!!",
kreischte ich und sprang vor Freude in die Luft.
„Meine MOM!! Ich habe sie gesehen!!!" Ich hüpfte
durch den ganzen Raum und trat immer wieder auf
Knochen, doch das war mir egal.
Leron, Jay und Esabel schauten mich glücklich an.
„Es ist nur deine Mom, Anny", sagte Clor genervt.

Ich war entsetzt. Mit finsterem Blick ging ich
schnurstracks auf ihn zu, packte ihn am Hals und
drückte ihn hart gegen die Wand. „Clor, ich habe
sie heute zum ersten Mal gesehen. Also halt
deinen frechen Mund!!"

Clor war erst mal ruhig und versuchte, mir auf den
Arm zu schlagen. Meine Hand wurde heiss, extrem
heiss.
„ANNYYY!!", brüllte er und bekam kaum noch Luft.
„VERSTANDEN?!"
„JAAA!!!"
Ich verpasste ihm eine zünftige Ohrfeige und liess
ihn dann zornig los. Clor fasste sich mit grimmigem
Gesicht an den Hals und hustete wie ein Raucher.

„Sooo schlimm ist es auch wieder nicht", bemerkte
ich nebenbei.
Er hielt sich an Lerons Arm fest, und Leron musste
ihn hinter sich herschleppen.

Wir verliessen das Haus.

„Lässt du mich jetzt bitte los?! Du hast selber Beine, oder?!" Clor hielt sich nun an Lerons Schultern fest. Der schleppte ihn noch immer. Clor lachte böse, und Leron schlug Clors Hände von seiner Schulter runter. „Du Faultier!", zischte er.

Als wir in Richtung Flughafen liefen, nervte Clor Esabel. Er schlug ihr immer wieder auf den Hinterkopf und stellte ihr absichtlich das Bein. Esabel kickte ihm in den Rücken und bat ihn flehend aufzuhören. Doch er gehorchte ihr nicht. „CLOOOR!!!", brüllte sie und rannte ihm hinterher. Gereizt grinste er und blieb stehen. Esabel wollte sich auf ihn stürzen, doch Clor wich aus und stellte ihr erneut das Bein. Leron konnte sie noch rechtzeitig auffangen.
„Danke", sprach sie verlegen und wollte nochmals auf Clor losgehen. Doch Leron hielt sie davon ab. „Ich erledige das für dich."
Leron lief mit grossen Schritten auf Clor zu, der sich beinahe zu Tode lachte. Er packte ihn am Kragen.
„Hey!!", rief Clor.
Leron schlug ihm mitten ins Gesicht und schubste ihn zur Seite. „Mädchen nervt man nicht!! Verstanden?"
Clor verschränkte wütend die Arme. „Nur, weil du auf Esabel stehst, musst du sie nicht beschützen", konterte er.

Leron kochte vor Wut und rannte auf Clor zu. Clor kreischte und versteckte sich hinter Jay.

„Clor!! KOMM HIERHER!!!", brüllte Leron.

„Jay, help me!", flehte Clor.

Jay schüttelte den Kopf.

„Leron hat Gefühle für dich, Esabel", nuschelte ich. Sie ging schnurstracks auf Leron zu, packte ihn am Handgelenk und drehte ihn zu sich, sodass er ihr in die Augen sehen musste.

„Esabel, ähm, ich ..."

„Kein Wort."

Leron verstummte, denn Esabel küsste ihn. Jay und ich lächelten die beiden Verliebten an.

„Jetzt ist Clor forever alone", meinte Jay nüchtern. Ich musste herzhaft darüber lachen und küsste Jay ebenfalls.

Clor schämte sich für uns, denn einige fremde Menschen beobachteten uns. „Leute, hört auf!" Doch wir ignorierten ihn. Ich legte meine Arme um Jays Kopf und strich ihm mit meinen Fingern zärtlich durchs Haar. Esabel tat dasselbe bei Leron. Ich drückte Jay einen kurzen, letzten Kuss auf die Wange.

Es dauerte nicht lange, als ich ganz in der Nähe den Flughafen entdeckte. Ich packte Jay sofort an der Hand, und wir rannten miteinander dahin. Die anderen folgten uns.

„Guten Tag, fünf Tickets nach New Jersey bitte",
bat ich den Mann am Schalter.
„Gerne, aber es gibt nur noch verteilte Sitzplätze,
zwei zuhinterst, zwei in der Mitte und einer zuvorderst."

Wir waren dennoch einverstanden. Der Mann
reichte uns die Tickets, ich ihm das Geld. Zügig
rannten wir zum Flieger und stiegen ein.

Jay und ich sassen zuhinterst, Esabel und Leron in
der Mitte und Clor ‚forever alone' vorne. Neben Jay
sass eine dünne, schlafende Frau. Wir schnallten
uns an, und nach ein paar Minuten starteten wir.

Es wurde Abend und wir sassen bereits vier
Stunden im Flieger. Ich vertiefte mich in mein
Handy. Jay legte seinen Arm um meine Schulter.
„Und? Mit wem chattest du?", scherzte er.
„Ich chatte mit niemandem, ich spiele Jelly
Splash."
„Aha, darf ich auch einmal?"
„Ja klar."
Da ich schon auf Level 372 war, verstand er das
Game nicht auf Anhieb. Er versuchte es ohne Plan
zu spielen.
„Du musst die blauen Jellys verbinden und nicht
die grauen Schleimis", erklärte ich schmunzelnd.
„Was?"
Ich zeigte ihm, was er zu machen hatte, doch er
verstand das Game noch immer nicht.

„Aber warum darf ich die grauen Jellys nicht verbinden?"

„Weil man die nicht verbinden kann, du musst sie entfernen. Und übrigens, das sind keine Jellys. Die bunten Viecher sind Jellys, die grauen sind Schleimis."

Jay zog seine Augenbrauen hoch und gab mir grummelnd das Handy zurück. „Kapier ich nicht."

Ich kicherte und hoffte, Level 372 zu schaffen. Jay guckte mir staunend zu und tatsächlich, Level 372 war geschafft! „Siehst du?"

Ich hielt ihm mein Handy vor die Augen.

„Heyyy, du bist der Champ und ich der Anfänger!"

Zufrieden legte ich meinen Kopf auf seine Schulter. „Ja, das bist du", grinste ich und schaltete mein Handy aus. Nach ein paar Minuten schlief ich auf Jays Schoss ein. Er blieb wach.

17. Streit im Flugzeug

Nach ein paar Stunden tiefen Schlafs tippte Jay
mir auf die Schulter. Ich murmelte irgendetwas und
rieb mir die Augen.
„Anny, wach auf!" Ich schüttelte den Kopf. Aufgeregt rüttelte Jay mich an den Schultern. „Anny!"
„Was?" Mürrisch sah ich ihn an und regte mich ein
wenig auf.

Ich blickte kurz aus dem Fenster. Die Sterne
leuchteten wunderschön. Jay packte mich am
Handgelenk und wirkte sehr gestresst.
„Jay, was ist los?"
Er drehte seinen Kopf auf die andere Seite. „Die
Frau."
Ich blickte sie kurz an.
„Sie ist eine böse Halbseelige."
„Nicht dein Ernst?"
„Doch, schau!"
Die Frau schlief tief und fest und hatte uns den
Rücken zugedreht.

Ihre kinnlangen, roten und geraden Haare wirkten
ungepflegt. Sie war sehr blass und trug einen roten
Umhang, ein schwarzes Top und eine schwarze
Hose. Jay deutete auf ihren Nacken. Ich erkannte
ein rotschwarzes Symbol. Es sah aus wie ein ‚F'
mit einem kleinen ‚z' in der Mitte, ein ‚/' ging durch
beide Buchstaben.

„Du hast recht, das ist wirklich eine böse Halbseelige."
„Wir müssen es den anderen sagen."

Wir schnallten uns ab, drängten uns an der Frau
vorbei und machten uns auf nach vorne zu Esabel
und Leron. Wir fanden sie nicht auf Anhieb.

Endlich entdeckte ich Leron, der mit seinem Handy
spielte. Esabel sah ihm dabei zu.
„Esabel! Wir haben ein Problem", flüsterte ich.
Sie und Leron schauten uns neugierig an. „Jay?
Anny? Leute, was ist los?", fragte Leron.
Ich deutete auf diese merkwürdige Frau.
„Was ist mit ihr?"
„Dieselbe Frau sitzt auch neben mir", antwortete
Jay aufgeregt.
„Wirklich?", fragte Esabel.
„Ja, ich sag es Clor."
„Jay, ich komme mit."

Clor sass in der vordersten Reihe am Fenster
rechts. Esabel und Leron sahen uns nach.
„Clor", zischte Jay.
Ich klammerte mich an Jay.
„Jay, die Frau", wisperte ich mit ängstlicher Stimme
und deutete mit dem Kopf auf die Person neben
Clor. Neben ihm sass die gleiche Frau wie bei
Leron und Jay.
„Nein, wie kann das sein?!", murmelte Jay.
„Was?" Clor blickte uns merkwürdig an und biss in
ein Sandwich.

„Die gleiche Frau sitzt neben Leron und mir",
versuchte Jay zu erklären.
„Und sie ist eine böse Halbseelige", ergänzte ich.

Clor wirkte zunehmend verängstigt und musterte
mit verzogenem Gesicht die schlafende Frau.
„Nicht schön, die hat Augenringe. Hmmm, meine
ich das nur, oder ist ihr Mund zugenäht?"
„Was?!"

Im Flugzeug begann es zu rütteln. Zwei
Stewardessen kamen auf Jay und mich zu. „Ihr
müsst euch hinsetzen, wir umfliegen gerade eine
Gewitterzone."
Es schüttelte derart stark, dass ich umfiel und mir
den Kopf an einer Sitzlehne anschlug.
„Aua", stöhnte ich leise und rieb mir die Stirn.
Jay nahm mich an der Hand, half mir auf und
fragte, ob alles oke mit mir sei. Ich nickte.

Das Flugzeug bog stark nach links ab. Wir konnten
uns nicht mehr auf den Beinen halten und
schlitterten den Gang entlang. Jay hielt sich am
Bein einer fremden Person fest und ich mich an
Jays Hand.
„Schande!", brüllte ich, und das Flugzeug
schwenkte nach rechts. Jay umklammerte noch
immer das fremde Bein. Wir blickten zur fremden
Person hoch und erschraken. Denn wir schauten
direkt ins Gesicht der merkwürdigen Frau, die wir
schon neben Clor, Leron und Jay gesehen hatten.
Ich kreischte.

Die Frau war wach, und ihre Augen leuchteten neongrün. Clor hatte recht. Ihr Mund war mit Nadeln und Fäden zugenäht.

„Oh mein Gott!!", schrie ich, und spätestens jetzt waren alle Passagiere wach.

Ich beobachtete, wie sich das Bein von ihrem Körper löste. Das Flugzeug drehte in diesem Moment nach links ab. Wir rutschten weiter den Gang entlang und prallten gegen die Wand am Ende des Flugzeuges.

Kraftlos blickte ich Jay an, der noch immer das lose Bein in der Hand hielt. Ich schrie, Jay guckte mich verwirrt an.

„Was ist ...?"

Als er das Bein in seiner Hand bemerkte, fing er ebenfalls an zu schreien. Schnell schleuderte er es weg und traf damit den Kopf einer Stewardess. Sie fiel um. Die einbeinige Frau stand auf, hinkte zu ihrem am Boden liegenden Bein und steckte es in ihre Hüfte. Es knackste ein paar Mal, sie konnte das Bein danach wieder einwandfrei bewegen. Finster blickte sie uns an.

Nun standen die beiden anderen merkwürdigen Frauen, die neben Jay und Leron gesessen hatten, ebenfalls auf. Es dauerte nicht lange, bis alle vier vor uns standen. Sie sahen exakt gleich aus und knurrten Jay und mich an.

„Wer seid ihr?", fragte Jay.

„Wir sind eine Mischung aus Voodoo-Puppe und böser Halbseeligen, werden Vooso genannt", antwortete die Frau, die neben Jay gesessen hatte, mit krächzender Stimme.

Das Komische war, dass ihre Lippen zugenäht waren, sie aber reden konnte.

Im Flugzeug rüttelte es immer heftiger.

Jay zückte ein Messer aus seinem Gurt. Von hinten sprang eine Vooso auf Leron. Clor und Esabel gingen auf die dritte Vooso los. Jay und ich standen auf, Leron warf die Vooso neben mich hin. Jay packte sie an ihrem Umhang und versuchte sie zu erwürgen. Ein Arm der Vooso löste sich und kroch hinter mir her. Ich kreischte und rannte davon.

Der Arm verfolgte mich noch immer. Ich holte eine Klinge aus meinem Gurt und blieb stehen. Der Arm kroch mein linkes Bein hoch. Ich war wie erstarrt, als die Hand meinen Arm packte. Ihre spitzen Nägel krallten sich in meiner Haut fest. Mit meiner Klinge stach ich in die Hand. Weisses Blut floss aus der Wunde und spritzte auf eine Passagierin. Die Frau wischte sich das weisse Blut aus dem Gesicht und schrie wie verrückt. Ich packte den Arm und warf ihn auf eine Vooso. Er landete auf deren Bauch. Die Vooso verlor ihr Gleichgewicht und fiel auf einen Passagier. Esabel packte diese Vooso und versuchte, sie aus dem Fenster zu werfen.

„Esabel, neiiiin! Wir haben sonst keinen Sauerstoff mehr!!", brüllte ich.
Esabel begriff und schlug der Vooso ins Gesicht.

Es begann wieder zünftig zu rumpeln.
„Liebe Fluggäste, wir werden demnächst landen. Bitte bleiben Sie auf Ihren Plätzen, danke", informierte der Pilot durchs Mikrofon.

Besorgt schauten wir uns an, als mich eine Vooso zu Boden stiess. Das Flugzeug begann den Sinkflug. Eine weitere Vooso rannte auf mich zu. Unverzüglich stand ich auf und schwang meine Klinge gegen sie. Ich schnitt sie an der Hüfte. Einige Passagiere filmten uns dabei.

Als das Flugzeug landete, war dabei ein extrem starker Druck zu spüren, sodass die Voosos und wir fünf nach hinten gegen die Wand knallten. Eine Vooso flog in den WC-Raum, was ich lustig fand.

Der Druck wurde noch stärker. Eine Vooso kratzte mich am Arm. Feuer wich aus meinem Mund, als ich sie anhauchte. Die Vooso fing Feuer. Alle Passagiere standen hastig auf und eilten aus dem Flieger. Die brennende Vooso rannte wild durch den Flugzeuggang und knallte gegen ein Fenster. Auf der Stelle brach es ein. Esabel stiess sie mit all ihrer Kraft aus dem Flieger. Jay, Clor und ich packten eine andere Vooso und pfefferten sie ebenfalls aus dem Flugzeug.

Leron eilte zur Vooso, die sich im WC befand und stach ihr sein Schwert in den Rücken. Anfangs hörten wir ein lautes Gekreische, schliesslich ein jämmerliches Stöhnen.

Mit blutbespritztem Schwert trat er erleichtert aus dem WC. „Sie ist tot."

Ausser Atem wollten wir schnellstmöglich aus diesem Flieger.

Der Pilot und die Stewardessen sahen uns dabei seltsam an, sicher auch deshalb, weil wir Waffen in den Händen hielten und im Gesicht und am Körper bluteten.
„Schlecht geflogen", fauchte Esabel den Piloten an. Er fuhr zusammen und machte grosse Augen.

Wir verliessen den Flughafen, liefen zufrieden nach New Jersey und hatten unsere Aufgabe erledigt.

18.   Levi nervt immer mehr

In New Jersey holten wir uns alle zuerst einen leckeren Mangodrink und genossen diesen sehr.

Stolz schlenderten wir in Richtung altes Haus. Ich wollte gerade einen Schluck von meinem süssen Drink nehmen, als mir Clor auf die Schulter tippte.
„Ja?", fragte ich und lächelte dabei.
Er sah mich jedoch ernst an. „Wie heisst dein Kollege? Liam oder Luke?"
„Levi! Was ist mit ihm?"

Clor zeigte über die Strasse. Levi kam soeben aus dem McDonalds und biss genüsslich in einen Donat.
„Schande!", zischte ich, trank den Mangodrink aus und warf die leere Flasche in den Abfalleimer.

Wir kamen nicht drum herum, Levi zu kreuzen, als er die Strasse überquerte. Ich versteckte mich hinter Jay und Esabel.

Als Levi vor uns stehen blieb, schaute er Jay, Leron, Clor und Esabel kritisch an. Mich entdeckte er zum Glück (vorerst) nicht.
„Ihr kommt mir irgendwie bekannt vor." Levi zog eine Augenbraue hoch. „Anny?!"
Ich guckte über Jays Schulter und trat verlegen neben ihn. „Hey Levi, ich habe dich gar nicht gesehen ..."

Levi schenkte mir einen unfreundlichen Blick. Er merkte, dass wir verletzt waren und Waffen in den Händen hielten.

Er kam auf mich zu und riss mir die Klinge aus der Hand. Dabei schnitt er mich leicht.
„Alter, Levi, was soll das?" Ich war so was von sauer und wollte mir meine Klinge zurückholen.
Er schlug mich auf die Hand, strich seinen Finger über die Klinge und schaute mich wie versteinert an. „Die ist echt?!"
„Ja natürlich, und jetzt gib sie her!"
Levi blieb hartnäckig.

Jay drängte sich zu uns nach vorne, hielt Levi seine Faust unter die Nase und deutete auf die Klinge. „Die gehört Anny, und ich habe sie ihr geschenkt."
Levi verdrehte die Augen. „Ooch, und jetzt muss ich Respekt vor dir haben?", stichelte er und streckte meine Klinge unter Jays Nase.
„Ja, das solltest du", erwiderte Jay und umfasste grob Levis Handgelenk.

Levi schmollte. Esabel riss ihm die Klinge aus der Hand und reichte sie mir.
„Lass mich los, du Asi!"

Jays Kopf wurde vor Zorn knallrot. Er presste die Hand immer mehr zusammen.

Vor Schmerz füllten sich Levis Augen mit Wasser.

„Bae, lass ihn los", bat ich Jay.

Levis wässerige Augen wurden riesig. „BAE?!"

„Ja, du hast richtig gehört." Jay liess Levis Handgelenk los und verpasste ihm eine deftige Ohrfeige.

„Ich dachte, du hättest keinen Freund, Anny", sprach Levi mit roter Wange.

„Das war vor einer Woche, doch jetzt habe ich einen und erst noch einen sehr guten." Ich nahm Jay an der Hand.

„Du hast dich so verändert, Anny", bemerkte Levi empört.

„Ja, aber ins Positive."

Die anderen stimmten mir zu, nur Clor sagte nichts.

„Nein, überhaupt nicht. Du siehst aus wie ein Grufti, hängst mit solchen Asis ab, die sich fühlen und schlechte Charakterzüge haben", konterte Levi gekränkt.

Leron, Clor, Esabel und Jay wurden stinkwütend.

„Meinst du uns?", fragte Leron verärgert.

„Natürlich, wen sonst?"

Esabel schubste Levi beiseite. „Dein Charakter ist nicht der beste!", fauchte sie.

„Findest du, dass wir auch wie Gruftis aussehen?", wollte Leron von Levi wissen und packte ihn an den Haaren.

„Kann sein." Levi donnerte ihm eine Ohrfeige mitten ins Gesicht.

„Mehr hast du nicht drauf?", fragte Leron zynisch.
„Levi, hör auf, bitte!!", forderte ich ihn auf.

Doch er ignorierte mich und kickte Leron in eine
sehr unbequeme Stelle. Der griff nach Levis Arm
und schmetterte ihn gegen die Wand. Jay und Clor
stellten sich um ihn. „Beleidige uns nicht, verstanden?", drohte Jay.
„Anny ... dein Freund ist hässlich, dickköpfig,
schwach und dumm."
Als Levi das sagte, wurde es mir zu viel. Ich stiess
Clor und Jay beiseite. „Wie bitte?"
„Dein Freund ist SCHANDE!!", brüllte Levi.
Mit voller Wucht schlug ich ihm seine Brille aus
dem Gesicht. „Arschloch!!", schrie ich ihn an.

Seine Brille landete auf dem Boden. Esabel trat
kurz und heftig drauf.
„Alter, die war teuer!!"
„Für mich sah sie billig aus", erwiderte Esabel und
grinste böse.
„Anny, wie kannst du nur mit solch asozialen
Menschen abhängen und mit so einem schwach-
köpfigen Jungen zusammen sein?"
„Ich zeig dir, wer schwachköpfig ist." Jay ballte
seine Hand zu einer Faust und wollte sich auf Levi
stürzen, doch Esabel und ich hielten ihn davon ab.
„Nein, Jay!", flehte ich ihn an.
„Jay? Ach, so heisst du also. So ein unmöglicher
Name, denn so hiess mein Psychovogel."
Jays Wut war auf 100 Prozent gestellt.

„Beruhige du bitte Jay, ich rede mit Levi", flüsterte ich Esabel zu.

Sie nahm Jay an der Schulter und versuchte zusammen mit Clor, ihn zu beruhigen.
Leron und ich standen wütend neben Levi.
„Wieso beleidigst du ihn?", fragte ich.
Levi schaute mich gereizt an.
„Wieso bist du ausgerechnet mit ihm zusammen und hängst mit diesen dummen Teenagern ab?"
„Zufälligerweise kann ich dich hören", nuschelte Leron und kickte in Levis empfindlichste Stelle.
„SPINNST DU?!", brüllte Levi.
„Das ist Rache wegen vorhin."
Levi guckte mich ratlos an.
„Ich bin mit Jay zusammen, weil ich ihn liebe und er mich auch. Ich darf den Jungen lieben, den ich möchte. Und DU LEVI, misch dich bitte nicht in meine grosse Liebe ein. Und zweitens, meine neuen Freunde sind keine dummen Teenager!!"
Ich schlug Levi auf den Arm, sodass er einen Handabdruck abbekam.

Leron riss ihm den Donat aus der Hand, warf ihn wütend auf den Boden und trat kurz drauf.
„Heeyyy, mein leckerer Donat …!"
„Tja, Pech."

Immerhin hatte sich Jay inzwischen wieder beruhigt. Er stellte sich neben mich und starrte Levi grimmig an. „Darf ich ihn schlagen?"
„Nein, Jay."

„Er hat mich beleidigt."

„Dann renn zu deiner Mama und heule!", mischte sich Levi ein.

Jay rastete aus und schlug Levi ins Gesicht.

Ich erschrak. Levis Nase blutete.

„Bist du nicht mehr ganz dicht?", fragte er und legte schützend die Hände vor seine Nase. „Alter, ich hätte sie mir brechen können."

„Das wäre mir egal", antwortete Jay stinksauer.

Esabel schaute mich besorgt an.

„Hauen wir lieber ab, bevor es noch schlimmer wird."

„Gehen wir!", forderte ich Jay auf und nahm ihn an der Hand.

Esabel packte Lerons Hand, und wir drehten Levi den Rücken zu.

„Oh, bist du solo? Bist sicher unter einer Brücke aufgewachsen und hast kein Geld, dass du kein Mädchen hast", rief Levi Clor zu, als er merkte, dass er keine Freundin hatte.

Clor wurde sehr wütend und ich noch mehr.

„LEVI, DAS REICHT, HÖR AUF!!!", schrie ich ihn an.

„Wieso? Du bist nicht meine Chefin!"

Ich stürmte auf Levi los und griff nach seinem Hals.

„Weil du ohne jeglichen Respekt mit uns redest! Du beleidigst meine Freunde und so auch mich!! Und misch dich bitte nicht in mein Leben ein. Ich bin ein für alle Mal nicht mehr deine beste Freundin!"

Levi erstarrte, wurde blass und seine Stimme begann zu zittern. „Waaa..as?"

Enttäuscht schaute ich ihn an. Leron, Esabel, Clor und Jay standen ratlos hinter mir.

„… solange du meine neuen Freunde nicht magst und du meinen Freund nicht akzeptierst."

Levi bekam wässerige Augen. „Aber wir sind doch schon seit dem Kindergarten beste Freunde."

„Ja, aber alles hat seine Grenzen, und in all den Jahren können neue Freundschaften entstehen."

Er schaute mich nonstop wortlos an.

„Ich dachte, du würdest dich für mich freuen, dass ich neue Freunde und einen Freund habe."

„Ich freu mich ja au…"

„NEIN!! DAS TUST DU NICHT!!! DU BELEIDIGST SIE, SCHLÄGST SIE UND SAGST SACHEN, DIE MICH, DIE UNS VERLETZEN!!!"

Ich weinte.

„Finger weg!! Rühr mich nicht an!!", befahl ich, als er seine Hand auf meine Schulter legen wollte.

Meine Freunde traten beschützend neben mich. Esabel und Jay versuchten, mich zu trösten.

„Ich will hier weg", schluchzte ich.

„Ja, das wäre besser so", entgegnete Jay und streichelte kurz über meine Wange.

„Ich schreibe L.Y. ein SMS, dass wir kommen", meinte Clor.

Wir waren einverstanden.

„Soll ich dich tragen, Anny?"

„Gerne, Jay."

Er hob mich hoch, meine Hände legte ich um seinen Hals und schloss die Augen.

„Anny ..." Levi wollte noch etwas sagen, doch wir hatten uns bereits ein Stück von ihm entfernt. Traurig blickte er uns nach.

„Er ist so was von dämlich und enttäuscht mich sehr."

„Er verfolgt uns", bemerkte Esabel.

„Dann rennen wir." Jay liess mich runter, und wir eilten über die Strasse. Levi rannte uns hinterher, aber wir waren viel schneller als er.

Bald erblickten wir das alte, verlassene Haus. Wir eilten rein, Levi war weit und breit nicht mehr zu sehen. Erleichtert begaben wir uns zum Schrank, öffneten ihn und liefen durch. Am Schrankende angelangt, sprangen wir raus, rannten zur Mauer und rissen das Tor auf. Von Weitem sichteten wir das Half Soul House. Mir ging es schon viel besser.

Als wir endlich beim Eingang des Half Soul Houses angekommen waren, standen Clavia, Meriane und L.Y. vor uns. Clavia und Meriane umarmten Esabel und mich herzlich.

„Yeay, ihr seid wieder hier!", freute sich Clavia. L.Y. wollte sofort mit mir reden.

„Und? Konntest du es den zwei Wächterinnen sagen?"

„Ja, und eine von ihnen ist meine Mom!!"

„Wirklich? So cool!"

Clavia und Meriane lauschten mit.

„Anny, das ist nebst Leron und Clor mein bester Freund. Ario, das ist meine Freundin Anny", sagte Jay und stellte mir einen Jungen vor, der neben den beiden Mädchen stand.

Ario hat schwarze Haare, pinkblaue Augen und eine hellbraune Hautfarbe.

Er trug eine braune Lederjacke, Bluejeans und graue Turnschuhe. Sein Symbol, ein ‚S' mit einem ‚E' und einem ‚*' in der Mitte, hatte er an der Handoberfläche.

„Hi Anny, mein Name ist Ario Serven, und du bist Jays Freundin, oder?"

Ein wenig verlegen nickte ich.

„Was? Du bist mit Jay zusammen?", fragte Meriane, und sie und Clavia schauten mich mit riesengrossen Augen an.

„Aww, so süss", schmunzelten beide.

Esabel erzählte Clavia, dass sie mit Leron zusammen war. Auch das fand sie süss.

Danach berichteten wir alles L.Y.

Am Abend verzogen wir uns in unsere Zimmer. Meriane und Clor verabschiedeten sich im zweiten Stock und der Rest im dritten. Jay begleitete mich zu meinem Zimmer. Wir blieben vor meiner Türe stehen. Er stützte seine Hand neben meinem Kopf am Türrahmen ab.

„Und was machst du jetzt noch?", fragte er mich.

Ich blickte runter zu meinem Gurt.

„Meine Waffen wegräumen, duschen, frische Kleider anziehen und mit meiner Mom simsen."

Verlegen kratzte er sich am Hinterkopf.

„Hast du Lust, mit mir an der Bar etwas zu trinken?"

Ich musste nicht lange überlegen.

„Gerne, mit dir doch immer."

Lächelnd öffnete ich die Tür, Jay kam kurz mit mir rein. Meinen Gurt löste ich von meiner Hüfte und legte mich auf mein Bett.

„Ahh, wie gut das tut."

Jay legte sich glücklich neben mich und streichelte sanft meine Wange.

„Anny, wann darf ich dich abholen kommen?"

„Acht Uhr, in zwei Stunden, oke?"

Er war einverstanden und rutschte näher zu mir. Ich nahm seinen Kopf in meine Hände und küsste ihn. Er erwiderte meine Küsse.

„So, meine liebe Anny, ich gehe jetzt." Er drückte mir nochmals einen Kuss auf die Wange und verliess mein Zimmer.

Schnell stellte ich mich unter die Dusche, zog danach meine Trainerhose und ein Top an und machte es mir auf meinem Bett nochmals so richtig gemütlich.

19. Ich schreibe mit Mom

Ich wollte unbedingt meiner Mom simsen.

Hi Mom, wie geht es dir? Meine Freunde und ich sind gut zu Hause angekommen☺. Was machst du?

Sofort schrieb sie mir zurück.

Hi Anny, mir geht es sehr gut! Ich fand den Tag heute wunderschön, weil ich dich und deine Freunde gesehen habe. Wie geht es dir? Ich trainiere gerade, und du?

Ich bin in meinem Zimmer und schreibe mit dir ;-). Mir geht es prima, heute war der schönste Tag ever☺. Ich gehe bald mit meinem Freund Jay in die Bar. Ich freue mich sehr!!

Cool, dann wünsche ich dir viel Spass👍. Kannst du mir gelegentlich Bilder vom Half Soul House zeigen?

Hast du Facetime, Mom?

Ja, du auch?

Ja, machen wir? Dann siehst du auch meine anderen Freunde☺.

Kurz darauf rief mich Mom auf Facetime an. Wir konnten uns gegenseitig auf unserem Handydisplay sehen, was sehr schön war.

„Hey Mom, darf ich dir mein Zimmer zeigen?"

„Ja gerne, Anny."

„Schau, hier ist der Eingang."

Ich filmte die Türe und tat so, als würde ich gerade in mein Zimmer hineinkommen, zeigte ihr den kleinen Gang und das Badezimmer. Danach ging ich weiter in mein Schlafzimmer und präsentierte ihr mein bequemes Bett und meine Waffen.

Auf dem Balkon vernahm ich eine mir bekannte Stimme.

„Hey, Anny, filmst du das Haus?" Clavia sass auf ihrem Sofa und guckte vom vierten Stock zu mir herunter.

„Nein, ich mache Facetime mit Mom und zeige ihr hier alles."

„Wirklich? Cool! Guten Tag, Frau Brev!"

„Wer ist das?", fragte Mom lächelnd.

„Das ist Clavia Serux. Sie gehört mit Esabel zu meinen besten Freundinnen." Ich grinste Mom dabei an und lief zurück in mein Zimmer. „Was darf ich dir noch zeigen?"

„Ich würde sehr gerne die Zimmer deiner Freunde sehen."

„Oke, gehen wir als Erstes zu Meriane."

Ich rannte einen Stock runter. Die Zimmertür von Meriane stand offen. Zaghaft blickte ich rein, sichtete zuerst Clor in ihrem Zimmer und filmte kurz.

„Ist das Meriane?"

„Nein Mom, ihr Bruder. Meriane steht neben ihm." Clor schien sehr ungeduldig. „Funktioniert nun mein Handy?"

„Ich habe Symbol- und Kräftefinderin studiert und nicht Handyrepariererin", antwortete Meriane sichtlich genervt. Sie warf ihm das Handy zu und traf ihn am Bauch.

„Geht's eigentlich noch?!", brüllte Clor.

„Gut Mom, gehen wir weiter, ist besser ..."

Ich lief in den vierten Stock und wollte zu Leron und Esabel, doch ihre Türen waren verschlossen.

„Oke, dann gehen wir in Jays Zimmer. Clavia hört uns wahrscheinlich nicht, da sie sehr laute Musik hört." Ich hüpfte in die erste Etage, klopfte an Jays Tür, und er öffnete mir.

„Ähm, was soll das?", fragte er, als ich ihn filmte.

„Hallo Jay", meldete sich Mom.

Jay sah sich unruhig um. „Wer hat das gesagt?"

„Meine Mom." Ich zeigte ihm Mom auf dem Display, sie winkte ihm zu.

„Ach so. Jetzt verstehe ich."

„Mom möchte gerne dein Zimmer sehen. Darf ich oder, besser gesagt, dürfen *wir* reinkommen?"

Wir durften.

„Ich habe noch nicht aufgeräumt, es sieht also ziemlich chaotisch bei mir aus."

„Nein, finde ich gar nicht", bemerkten Mom und ich gleichzeitig.

Jay kicherte. „Anny, in einer halben Stunde hole ich dich ab. Ich muss mich noch parat machen", sagte er freudig.

„Ich mich auch", lächelte ich.

„Gut, dann lasse ich euch hübsch machen", schmunzelte Mom.

Ich drückte Jay einen Kuss auf die Wange, verliess sein Zimmer, begab mich in meines und legte mich noch kurz auf mein kuscheliges Bett.

„So, meine liebe Anny, ich muss jetzt auch aufhören."

„Warte Mom, ich will dich noch etwas fragen."

„Und was?"

„Es geht um Dad. Er hat mir erzählt, dass er eigentlich gar kein Kind mit dir haben wollte. Stimmt das?"

„Wann hat er dir das gesagt?"

„Vor ein paar Monaten."

„Das stimmt überhaupt nicht, Anny! Dein Vater wünschte sich nur mit mir ein Kind. Er kannte mich zwar nicht allzu gut und lange, aber ich weiss noch, als ich ihn das dritte Mal sah, sprach er mit mir schon über unsere Zukunft. Er sagte damals, dass er nur mit MIR ein Kind wolle, und das so schnell wie möglich. Als ich deinen Dad dann zum vierten Mal traf, wurde ich schwanger."

Ich konnte nicht glauben, dass Dad mich angelogen hatte.

„Also wollte er ein Kind?"

„Natürlich, es war sein grösster Wunsch."

„Wie konnte Dad mich nur anlügen?!"

„Er wollte es dir wahrscheinlich einfach nicht sagen, sodass du nicht zu viel über mich erfährst."

„Wusste Dad, dass du nicht ‚normal' bist?"

„Ja … nein. Er hat es herausgefunden, da ich immer wieder weg war und Waffen auf mir trug. Aber er wusste nicht, dass du auch so bist wie ich."

„Das erklärt alles. Dad konnte nicht viel über dich erzählen, da er nicht wusste, was eine Halbseelige wirklich ist."

„Und er durfte dir auch nichts über Halbseelige sagen, solange deine böse halbe Seele nicht aus deinem Körper raus war."

Ich war baff, stand wie versteinert auf und rannte dann schluchzend auf den Balkon. Passend zu meiner Enttäuschung und Traurigkeit fing es an zu regnen.

„Dad wusste tatsächlich nicht, dass ich halbseelig bin?"

„Ja."

Ich schüttelte immer wieder fassungslos den Kopf und schlenderte zurück in mein Zimmer. „Danke Mom, dass ich mit dir reden konnte."

„Bitte Anny. Machen wir morgen nochmals Facetime?"

„Oder noch besser jeden Tag, Mom!"

„Ja, geniale Idee!"

Wir lächelten beide.

„Gut, dann ziehe ich mich jetzt hübsch an. Ich habe ja noch ein Date."

Herzlich verabschiedeten wir uns voneinander.

Als ich im Badezimmer das Licht einschaltete, erschrak ich. In meinem Lavabo entdeckte ich eine Blutpfütze. Auch der Spiegel war mit Blut bespritzt. Angewidert wischte ich das Blut mit einem Waschlappen vom Spiegel und warf ihn dann in den Abfalleimer. Ich drehte den Wasserhahn auf und fragte mich, woher das Blut kam.

Hinter mir vernahm ich ein eigenartiges Knurren. Erschrocken drehte ich mich um und erblickte Ashley mit verschränkten Armen hinter mir.

„Was tust du hier?", fragte ich mit zitteriger Stimme.

„Ich will dich warnen", antwortete sie mit einem bösen Lächeln.

Ich bekam Angst. „Vor was?"

„Vor mir", drohte sie und hielt ein Messer in der Hand.

„Wie bist du durch das Tor in der Mauer gekommen?", wollte ich von ihr wissen.

Ashley lachte fies.

„Schon vergessen, Anny? Ich habe dein Blut, deine Adern, deine Knochen, dein Herz, nur dass mein Herz schwarz und deins normal ist.

Ich bin deine böse halbe Seele, ich gehöre zu
deinem Körper. Wenn du von diesem Tor
akzeptiert wirst, werde ich das auch.
So einfach ist das."

Sie lachte noch immer böse und warf das Messer
so, dass es direkt neben meinem Kopf in der
Wand stecken blieb.

„Und warum willst du mich vor dir warnen?"
Ashley schien zu überlegen. Da wusste ich, was
sie sagen wollte.
„Ich will dich erledigen. Es gibt nur einen Platz für
die Temisa Brev-Tochter, und der gehört mir.
Zumindest gehöre ich auch zu ihr, und ich weiss,
dass es nur eine Tochter von Temisa geben darf!"
„Und woher weisst du das?"
„Ich habe recherchiert und herausgefunden, dass
deine Mom, also unsere Mom, eine Wächterin des
Jenseits ist. Was ich auch herausbekommen habe,
ist, dass die beiden Wächterinnen des Jenseits je
nur ein Kind haben dürfen, da später diese zwei
Kinder ihren Job übernehmen."

Ich stand auf und packte Ashley wütend an den
Haaren.
„HEY!!!", brüllte sie, und ich rannte mit ihr auf den
Balkon. Ich hielt sie noch immer fest und schaffte
es innert Kürze, sie von der Balkonbrüstung zu
werfen.

Erschöpft setzte ich mich aufs Sofa und merkte, dass ich nichts mehr von Ashley hörte. Unruhig blickte ich vom Balkon. Keine Spur mehr von ihr. Sie war verschwunden. Ausser Atem rannte ich zurück in mein Zimmer und packte mein Schwert.

Ich spürte, dass Ashley in meiner Nähe war, aber wo denn nur? Ängstlich schaute ich mich um und begann zu zittern.
„Ashley? Bist du hier?"
Ich durchsuchte mein Zimmer. Keine Antwort und keine Ashley weit und breit. Immer grössere Ängste durchfuhren mich.

Sie musste irgendetwas mit mir vorhaben. Ich fühlte nichts Gutes ...

Hauptfiguren:

Anny

Name: Anny Brev

Alter: 14 Jahre

Aussehen: lange braune Haare, blausilbergraue Augen, hellbraune Hautfarbe, mittelgross, sehr hübsch

Kraft: Feuer

Charakter: neugierig, nett, nicht immer harmlos, kann manchmal frech sein, hyperaktiv, voller Energie

Esabel

Name: Esabel Cursh

Alter: 14 Jahre

Aussehen: blondweisse Haare, blaugrünpinke Augen (schimmert grau im Sonnenlicht), beige Hautfarbe, klein

Kraft: Luft (Himmel)

Charakter: nett, neugierig, kann frech sein, hyperaktiv, sehr viel Energie

Jay

Name: Jay Mershon

Alter: 14 Jahre

Aussehen: dunkelbraune Haare, auffallende grünsilberne Augen, hellbraune und gepflegte Haut, gross

Kraft: Erde

Charakter: nett, hyperaktiv, voller Energie, ständig in Bewegung, Mädchenschwarm

Clor

Name: Clor Nashex

Alter: 14 Jahre

Aussehen: blondgoldene Haare, braungoldene Augen, blasse Hautfarbe, gross

Kraft: Luft (Himmel)

Charakter: hyperaktiv, schnell wütend, manchmal nett, meistens schlecht gelaunt, aggressiv

Leron

Name: Leron Su-Arg

Alter: 14 Jahre

Aussehen: dunkelbraune Haare, braunorange Augen, hellbraune Hautfarbe

Kraft: Blitze/Donner

Charakter: hyperaktiv, nett, manchmal genervt, humorvoll, Mädchenschwarm

Ashley

Name: Ashley Brev

Alter: 14 Jahre

Aussehen: sieht gleich aus wie Anny, nur dass ihre Augen (Pupille und Iris) weiss sind

Kraft: dunkles Feuer

Charakter: neugierig, aggressiv, böse, hyperaktiv, gemein, unfair, frech, Schurkin

Autorin:

Joëlle Schüpfer ist im Dezember 2002 in der Schweiz geboren.

Sie geht in die 2. Oberstufe und mag jegliche Art von Romanen. In der Freizeit schreibt sie mit Freude an ihren Geschichten. ‚*halbseelig*' ist ihr zweites Buch. Das erste Werk trägt den Titel ‚*Two Black Shadows*'.

Zusammenfassung

Anny wohnt alleine mit ihrem Vater in New Jersey. Ihre Mutter hat sie noch nie gesehen, und sie weiss auch nichts über sie. Anny ist sehr sportlich und denkt sie sei ‚normal'. Doch als sie eines Tages drei Teenager gegen ein Monster kämpfen sieht, weiss sie sofort, dass irgendwas nicht stimmt. Anny erfährt von ihren sechs neuen Freunden, dass sie nicht eine volle Seele hat, sondern nur eine Hälfte. Dazu hat sie eine aussergewöhnliche Kraft. Ausserdem ist sie die mächtigste Halbseelige, und sie ist sehr begabt. Doch ein Problem gibt es: Ihre böse halbe Seele ist lebendig und möchte Anny töten, da sie allmächtig sein möchte. Anny und ihre Freunde geraten in ein grosses Abenteuer und müssen das Jenseits vor Annys böser halben Seele warnen. Ob das gut rauskommt?